혹시
출연 가능하신가요?

잡JOB
문집 시리즈

내 일을 사랑하는 모든 사람들을 소개합니다. 나만의 가치와 마음을 가지고 언제나 즐겁게 열정으로 일하고 싶은 당신을 위한 책. 가벼운 에피소드부터 일을 통해 깨닫는 진지한 삶의 의미까지. 현실적인 직업 현장의 모습과 조언, 일을 통해 나를 실현하는 통찰까지 담았습니다.

19년차 방송작가의 발랄한 생존 비법

혹시 출연 가능하신가요?

초판 1쇄 발행 2024년 8월 22일

지은이. 하정민
펴낸이. 김태영

씽크스마트 책 짓는 집
경기도 고양시 덕양구 청초로66
덕은리버워크 지식산업센터 B-1403호
전화. 02-323-5609

홈페이지. www.tsbook.co.kr
블로그. blog.naver.com/ts0651
페이스북. @official.thinksmart
인스타그램. @thinksmart.official
이메일. thinksmart@kakao.com

ISBN 978-89-6529-418-4 (03810)
© 2024 하정민

* **씽크스마트** 더 큰 생각으로 통하는 길
'더 큰 생각으로 통하는 길' 위에서 삶의 지혜를 모아 '인문교양, 자기계발, 자녀교육, 어린이 교양·학습, 정치사회, 취미생활' 등 다양한 분야의 도서를 출간합니다. 바람직한 교육관을 세우고 나다움의 힘을 기르며, 세상에서 소외된 부분을 바라봅니다. 첫 원고부터 책의 완성까지 늘 시대를 읽는 기획으로 책을 만들어, 넓고 깊은 생각으로 세상을 살아갈 수 있는 힘을 드리고자 합니다.

* **도서출판 큐** 더 쓸모 있는 책을 만나다
도서출판 큐는 울퉁불퉁한 현실에서 만나는 다양한 질문과 고민에 답하고자 만든 실용교양 임프린트입니다. 새로운 작가와 독자를 개척하며, 변화하는 세상 속에서 책의 쓸모를 키워갑니다. 홍겹게 춤추듯 시대의 변화에 맞는 '더 쓸모 있는 책'을 만들겠습니다.

자신만의 생각이나 이야기를 펼치고 싶은 당신.
책으로 사람들에게 전하고 싶은 아이디어나 원고를 메일(thinksmart@kakao.com)로 보내주세요.
씽크스마트는 당신의 소중한 원고를 기다리고 있습니다.

안녕
하세요

혹시
출연 가능하신가요?

19년차 방송작가의 발랄한 생존 비법

하정민 지음

자신의 일을 사랑하는 사람

하정민 작가의 진솔함과 전문성이 돋보이는 글이 한 권의 책으로 나온다니 매우 기쁩니다. 미리 다 읽어봤지요. 근데, 글을 읽는 내내 그의 밝은 미소와 맑은 눈빛이 어른거리기 시작하는 거예요.

'이게 뭐지? 왜 이럴까?'

이유는 그의 내면이 가감 없이 솔직하게 표현된 글이기 때문이었습니다.

방송작가의 꿈을 꾸는 후배들이 많습니다.

'여러분, 축하합니다!'

그대들의 질문에 명쾌하고 친절하게 답해주며, 제대로 된 길잡이 역할을 이 책이 해드릴 겁니다.

하 작가는 자신의 일을 진정 사랑하더군요. 저처럼 말이죠. 프로가 아름다운 건 실력은 기본이요, 일을 대하는 태도와 열정이 남다르며, 나아가 제대로 즐길 줄 알기 때문입니다.

"하 작가님, 프로그램 함께하고 있어 매우 기쁩니다. 그리고 오래도록 이 일을 즐겨주세요!"

아나운서 손범수

언제라도 함께 일하고 싶은 사람

방송작가인 하정민 저자를 만난 건 역시 방송 현장이다. 첫 느낌은 나이스였다. 미팅하는 내내 시종일관 웃는 모습이 지금도 기억이 날 정도로 아주 밝은 성격의 소유자이다. 그리고 20년 가까이 방송작가 일을 하면서 그 모습을 잃지 않고 유지한다는 것이 대단하다고 생각한다.

프로그램 MC로서 봤을 때 일반 작가와 달리 방송작가가 가져야 할 가장 중요한 요소는 친화력과 소통이라고 생각하는데 그 요소를 가진 사람이 바로 이 책의 저자인 하정민 작가다.

언제라도 함께 일하고 싶은 하 작가가 본인의 방송작가 경험을 바탕으로 이 책을 폈다고 하니 방송작가를 꿈꾸는 많은 지망생에겐 훌륭한 지침서가 될 것이란 확신이 든다.

아나운서 김현욱

방송작가 진로 지침서

방송작가를 꿈꾸는 준비생 또는 방송국 취업을 희망하는 사람이라면 반드시 읽어야 할 필독서입니다. 실제 현장에서 이뤄지는 업무 플로우가 생생한 날 것 그대로 담겨 있습니다. 막연한 방송작가의 역할을 일목요연하게 알려주는 교과서급 도서로 시중 그 어느 것보다 '진로 지침서'로서 최고의 가치가 느껴집니다.

교양, 예능, 경제, 다큐 등 다방면의 아이템을 골고루 섭렵한 '하정민 작가'의 진가가 고스란히 담긴 이 책을 독자에게 강력히 추천합니다.

20년 차 PD **성주영**

방송에 대한 많은 질문에 명쾌하게 답하는 책

하정민 작가와는 MBN 채널이 종편채널이 되기 전인 2010년부터 함께해 왔습니다. 많은 구성원이 있는 큰 조직에는 당연히 가끔씩 분쟁이 생기기도 하는데 어떤 조합들과도 잘 어우러지는 모습이 인상 깊게 남았습니다.

2011년 MBN이 종편채널로 바뀌고, 2012년 경제 채널인 매일경제TV가 개국한 후에도 인연이 쭉 이어져 왔습니다. 부침과 변덕이 심한 방송 업계에 단 한 번도 중도하차 없이 프로그램이 존재하는 한 꾸준히 명맥을 이어오는 흔치 않은 작가라는 점을 높이 삽니다.

이 책은 방송작가의 삶뿐 아니라 방송의 날것이 전반적으로 담겨 있어 흥미로웠습니다. 누구나 쉽게 보는 방송이지만 만들어지기까지의 과정에서 노고를 살펴볼 기회가 없는 만큼, 방송작가 외 방송에 꿈이 있는 사람들이 궁금해할 질문을 명쾌하고 친절하게 알려줍니다. 또한 직업과는 별개로 TV나 영상 콘텐츠 보는 것을 즐기는 사람 단순히 방송에 관심이 있는 사람 모두에게 충만한 지혜를 나눠줄 것으로 생각됩니다.

매일경제TV 국장 **문영기**

방송작가의 꿈을 향한 나침반이 되어주는 책

요즘 콘텐츠 제작에 관한 어떤 업무든 많은 관심을 갖고 있습니다. 그중 방송작가 역시 빼놓을 수 없는 직군 중 하나죠. 하지만 콘텐츠 제작 관련 직군 중에 유독 방송작가는 '뭘 잘해야 할까?' '무엇부터 시작해야 할까?' 잘 모르는 사람들이 대부분입니다. 아마도 겉으로 보이는 콘텐츠에 드러나는 인물이 아니기 때문일 것입니다.

방송작가는 뒤에 붙는 단어 '작가' 때문에 글을 잘 써야 하는 것이 첫 번째 조건이라고 생각할 수 있습니다. 하지만 이 책을 처음부터 끝까지 읽고 난다면 이 조건이 첫 번째 조건이 아니라 마지막 조건이 될 수도 있다는 사실을 깨닫게 될 것입니다. 그만큼 방송 현장에서 작가가 해야 하는 역할이 현실적으로 드러나 있으며, 또 어떠한 조건과 능력이 인정받는 방송작가가 될 수 있는지 세세히 알 수 있는데요. 이 책을 통해 방송작가에 대해 관심 있는 독자 여러분들이 좀 더 현실적으로 꿈을 이룰 수 있는 나침반이 되길 바랍니다.

24년 차 방송작가 **황인숙**

방송작가가 궁금한 모든 사람을 위한 책

아직도 '방송작가'라는 직업은 대중에게 낯설다! 이 책은 그 낯선 미지의 영역을 가감 없이 보여주며 방송작가라는 직업에 대해 화려한 수식어는 빼고 현실적인 면을 그대로 보여주는 책이다. 현실을 반영하였고, 실전에서 있었던 일을 중심으로 이야기를 펼쳐내기에 리얼 '방송작가'를 꿈꾸는 사람들에게는 방송작가를 간접 체험해 볼 수 있게 해주는 책이 될 것이다!

방송작가라는 직업의 영역이 생겨난 지 36년이 넘었지만, 아직도 방송작가라는 직업의 영역은 대중들에게 호기심을 자아내는 직업이다. 예능에 등장하는 방송작가의 모습을 보며 '방송작가'라는 직업을 꿈꾸어온 이들도 적잖은 현실이다.

그러나 소위 '글 빨'만 좋다고 해서, 사람들과 '친화력'만 좋다고 해서 될 수 있는 직업은 아니다. 그렇다면 방송작가가 되기 위해서는 무엇부터 시작해야 할? 방송작가를 꿈꾸려면 지금 무슨 노력을 해야 할까? 어떻게 하면 방송국 경험을 할 수 있을까? 등 방송작가라는 직업에 대해 의문을 가지는 시작점과 관련된 질문, 실전에서 방송작가가 어떤 일을 하는지까지 이 책은 모두 담아내고 있다.

방송작가를 꿈꾸는 이들과 다양한 직업을 탐방하고 싶은 이들 모두의 궁금증을 해소해 줄 수 있는 책이다.

20년 차 방송작가 **방경숙**

비주얼 담당인지 알았더니 외유내강 리더였던 건에 대하여

하정민 작가를 한 단어로 얘기해 보자면 "닮고 싶은 사람"이다. 프로그램 출연자나 업체 사전 인터뷰 차 함께 미팅을 다니다 보면 꼭 듣는 소리가 있다.

"저분은 출연자세요?"

연예인도 깜빡 속이는 훤칠한 외모는 닮고 싶은 점 중 하나지만 그녀의 장점은 문제가 생겼을 때 발휘된다. 문제를 대하는 유연함과 긍정적인 에너지가 바로 그것인데

사실 방송 쪽 일을 하다 보면 참 다양한 사람들을 많이 만난다. 생각지 못한 돌발 상황 또한 많이 발생하는데, 갑자기 들이닥친 것도 모자라 내 잘못이 아닌 상황들은 소통

의 최전방을 담당하는 작가들이 독박을 쓰는 경우가 많다. 이런 억울한 경우가 빈번히 발생하는데도 하정민 작가는 분노로 자신을 감정을 표출한 적이 단 한 번도 없다. 항상 특유의 밝은 목소리로 말한다 "해결하면 되지~!"

알맹이가 연약한 과육의 껍질은 단단하다. 자신을 보호해야 하기 때문이다. 알맹이가 단단한 하정민의 껍질은 예쁘다. 자신을 보호할 무기가 따로 있기 때문이다. 이 책을 보는 사람들은 이 책을 통해 자신을 아예 감싸버리는 보호구가 아닌 자신만의 무기를 갖길 바란다.

12년 차 방송작가 **김다영**

인생은 크고 작은 마감의 연속입니다. 벗어날 수 없는 굴레이기도 하죠. 오늘도 각자의 자리에서 마감을 치르고 있는 모두에게 생계형 프로 마감러가 전합니다.

오늘 또 마감해야지 방송작가니까

"무슨 일 하세요?"

"작가예요."

"무슨 작가요? 소설?"

"방송작가예요."

"우와, 멋있어요! 글 잘 쓰나 봐요!"

주변 사람들과 직업을 이야기할 때 으레 나오는 대화입니다. 방송작가라 하면 많은 분이 '글쓰기'를 떠올리는데요. 사실 키보드 앞에서 우아하게 글만 쓰는 직업이 아닙니다. 우리가 사과를 볼 때는 빨갛지만 먹을 때는 그 껍질을 깎아내고 노란 속살을 먹죠. 방송작가도 마찬가지입니다. 중요한 것은 속에 숨어있어요. 저는 2005년부터 지금까지, 또 앞으로도 직업으로 삼은 방송작가의 속살을 이야기하려 합니다.

사과도 알맹이가 영글고 나서 껍질에 붉은빛이 나타나듯. 방송작가도 글을 쓰기보다 알맹이를 만들어가는 과정을 먼저 거치는데요. 섭외, 취재, 자료조사, 출연자 관리 등의 알맹이를 충분히 채운 후에야 글솜씨라는 붉은 껍질을 덮어 방송을 완성할 수 있습니다. 그 모습을 대중에게 공개하는 거고요.

이런 방송작가를 움직이게 하는 힘은 마감이라 생각하는데요. 사실 이 마감은 모두에게 해당됩니다. 에디터, 디자이너, 엔지니어는 물론 대부분의 회사에 보고서나 프로젝트 마감일이 있는 것처럼요. 심지어 주부도 식사 시간까지 밥을 차려야 하고 학생도 과제나 논문에 마감 기한이 있습니다. 식당 사장님도 마감 시간 전까지 오늘 들어온 식재료를 소진해야 하죠. 이렇게 우리 모두는 마감이라는 숙제를 안고 살아갑니다.

마감에 시달리는 모두에게 드립니다.
마감의 최전선을 살아가는 방송작가 이야기

반갑습니다, 또 한 분의 마감러님. 지금부터 마감이 일상인 방송작가라는 사과의 껍질을 조금씩 깎아 잘 익은 속살을 내밀어 드리려 합니다. 각자의 마감 압박을 이 시간만은 내려놓고, 편안히 맛보시길 바라요. 마지막 페이지를 덮을 때면 "아는 언니가 방송작가라 좀 아는데~" 이야기할 수 있는 정도가 될 겁니다.

Q. '방송작가' 하정민은?

이 짧은 질문에 답을 하기가 참 어려웠습니다. 제 안에서 답을 찾지 못해 주변에 질문 그대로 물어봤는데 공통적인 대답은 '조화로움'이었어요. 방송작가는 일반 작가와는 달리 여러 사람과 함께 일합니다. 여럿이 함께 호흡하는 만큼 조화로움이란 꼭 필요한 것임이 분명하죠.

저의 최측근이 꼽은 저의 장점은 성격이 모나지 않고 상대방을 편안하게 해주는 것인데요. 맞습니다. 저는 친구 중 손절한 사람이 지금까지 단 한 명일 만큼, 친구들 사이에 늘 교집합을 가질 만큼 모두와 두루두루 잘 지내는 편입니다. 업무로 알게 된 사람들과도 불화 없이 조화로움을 지키기 위해 노력해요. 그게 제 3자의 눈에도 보이나 봅니다. 물론 저도 속으로는 이해가 안 가고 화가 날 때도 있지만 그런 내색은 최대한 하지 않고 최대한 상대방의 입장을 생각하려 노력합니다.

예를 들면 촬영 후 편집이 끝나야 더빙 대본, 자막 등 후반작업을 할 수 있는데요. 늘후반작업 시간은 정해져 있어서 편집을 천천히 해서 주면 저희 작가들은 작업시간이 충분치 않기 마련이에요. 다음날 오전 9시에 더빙인데 밤 10시까지 주기로 한 편집 영상이 늦어져서 새벽에 온다면 작가는 밤샘 작업 당첨이겠죠?

이러저러한 상황을 찍기로 하고 준비까지 다 해놨는데 현장에서 깜빡하고 그 장면을 못 찍어오는 경우도 있어요. 중요한 장면이라 마음 같아서는 다시 촬영을 해왔으면 좋을 만큼 아쉽죠. 하지만 스스로를 자책하며 사과하는 피디를 저까지 비난하진 않습니다. 미리 이야기하고 섭외를 해놨는데 피디가 촬영 일정 조율을 안 해봐서 못 나가는 상황도 있었지만 제가 화를 낸다고 상황이 바뀌지 않으니 수습만 함께 하기도 했습니다.

하지만 모든 걸 그러려니 하고 넘어가선 안 되죠. 꼭 짚고 넘어가야 하는 상황도 있습니다. 이럴 땐 얼굴 붉히지 않고, 최대한 감정은 빼고 사실만을 이야기해요. 그래서인지 상당히 친절한데 선 넘으면 얄짤없을 것 같다는 평가를 꽤 듣습니다. 조화로움은 균형과도 가까운 단어입니다. 차가움과 뜨거움, 딱딱함과 부드러움, 강함과 약함, 진지함과 가벼움 등 인간 하정민의 개인적인 삶에서는 양극단을 넘나들 때가 많습니다. 하지만 방송작가 하정민으로서는 양쪽의 균형을 맞추며 적당한 선을 지키는 사람. 균형을 맞추며 모두와의 조화로운 관계를 추구하는 사람입니다.

1장

방송작가, 뭐 하는 사람이야?

Q 1. 어디까지가 대본인가요?

가족이든 친구든 애인이든 방송 관련인이 아닌 사람과 TV 앞에서 낄낄대다 보면 가장 많이 물어보는 말이죠.

"지금 저건 작가가 써놓은 대사야, 출연자가 진짜 하는 말이야?"

2009년 한 예능 프로그램의 대본이 공개되기 전까지는 '리얼' 프로그램이니 날것의 모습이라 생각했지만(당시 진짜 라 생각하고 본 모습들이 연기였냐며 시청자들의 실망이 상당했던 기억 이 납니다) 이후로는 대본이 있다는 전제하에 어디까지가 대 본인가를 궁금해합니다.

프로그램 장르에 따라 차이가 있는데요. 뉴스나 다큐멘터리는 대본이 상당히 촘촘합니다. 대부분 앵커의 눈높이엔 '프롬프터'라고, 읽는 속도에 맞춰 대본을 보여주는 장치가 있어요. 또한 성우의 내레이션은 거의 100% 대본을 따라갑니다.

하지만 예능이나 정보 프로그램 등 주로 현장에서 진행하는 대본은 조금 다릅니다. 프로그램 전체를 아우르는 기획 의도와 매회 연출 의도는 지켜야 하지만 그대로 연기하는 방식은 아니에요. 대부분 대본에 구체적인 대사를 적어놓지만 그건 상황에 맞는 예시이지 달달 외워 말하진 않습니다. 촬영의 흐름을 알려주기 위해 가이드라인을 주는 거죠. 대본 그대로 하려면 오히려 부자연스러워요. 그럼 즉흥적으로 하면 되는 것 아니냐고 생각할 수 있지만 가이드라인이 있어야 각 장소에서 누가 나오는지, 필요한 질문은 뭔지, 그에 따른 동선, 촬영 시간 등을 예측하고 그 환경을 준비할 수 있습니다. 미리 장소와 출연자 섭외를 하고 조

녹화현장

명, 카메라 등 장비를 적당히 챙겨야 하니까요.

때로는 대본에 없는 내용으로 촬영할 때도 있습니다. 특히 예능의 경우 더 즉흥적인 상황이 더 많이 생겨요. 그래서 대본에 각각의 캐릭터를 분석하고 거기 맞는 대사까지 적어두지만 그걸 그대로 말하라는 건 아닙니다. 출연자들의 스타일에 맞게, 소위 입맛에 맞게 새롭게 말하라는 거죠.

제작진 대본과 출연자 대본이 다를 때도 있어요. 일정 부분은 일부러 상황을 안 알려주는 게 더 나을 때가 있거든요. 만약 게임을 한다면 그 결과는 랜덤일 수밖에 없죠. 그럼 그 모든 경우의 수를 생각해 대비하는 것도 대본 작업 중 하나입니다.

모든 방송은 준비하고 만드는 만큼 완벽한 '리얼리티'라 할 순 없어요. 하지만 출연진의 이야기, 반응과 감정은 '진짜'니까 어디까지가 리얼이냐 날선 눈으로 보기보다 어떤 재미, 어떤 정보가 있는지를 더 관심 있게 보면 TV 앞 시간이 더 즐거워질 겁니다.

Q 2. 방송작가의 종류는 어떻게 나누나요?

방송작가는 크게 드라마작가, 구성작가, 라디오작가, 번역작가로 나눕니다. 드라마작가는 여러 형태의 드라마 대본을 써요. 출연자들의 캐릭터 및 상황을 설정하고 행동, 대사 전부를 조목조목 적어줍니다. 시대적으로는 사극, 시대극, 현대극으로 구분하고 방송 형태로는 단막극, 일일극, 주간극, 주말극, 미니시리즈, 시트콤으로 구분합니다. 최근엔 웹드라마 작가도 활발히 활동하죠.

구성작가는 그 외 다양한 TV 프로그램을 담당하는 작가입니다. 저를 포함한 교양 작가와 예능 작가, 어린이 프로그램 작가로 나누는데요. 교양 프로그램이란 정보 전달을 목적으로 하는 것을 말하고 예능 프로그램이란 웃음과 재미를 목적으로 하는 것을 말합니다. 요즘은 꼭 한쪽으로 치우치기보다 '쇼양(쇼+교양)'이라 부르는 예능과 교양을 적절히 섞은 분야의 인기가 많습니다. 필요한 정보를 전달하는 데 예능 요소를 더해주는 거죠. 어린이 프로그램은 어린이들의 지능 발달, 지식 전달을 위한 것으로 어린이에게 재미있는 방식으로 정보를 전달하는 데 초점을 둡니다.

TV는 시청자에게 뭘 보여줄지가 중요하지만 라디오는 청취자에게 뭘 들려줄지 신경 써야 합니다. 그리고 라디오 프로그램에서는 대본을 '원고'라고 표현하더라고요. 확실히 좀 다른 분야인 것 같습니다. 라디오 역시 음악 프로그램과 정보 전달 프로그램으로 나뉘는데요. 매일 새로운 정보를 전하고 음악 혹은 전하려는 주제를 바탕으로 청취자의 사연을 결정하죠. 그리고 실제 사연을 방송에서 더 맛깔나게 읽어낼 수 있도록 각색하는 능력도 필요합니다.

번역작가는 이미 만들어진 콘텐츠를 다른 나라의 언어

로 번역하는 일을 하는데요. 주로 해외 작품을 우리말로 맛깔나게 번역합니다. 내용을 완벽히 이해한다고 해도 그걸 다른 언어로 잘 번역하는 건 또 다른 영역이기에 글쓰기 능력도 뒷받침돼야 가능할 테죠. AI의 발전으로 번역을 기계에게 맡기는 경우도 많지만 섬세함이 필요한 번역은 여전히 인간에게 달려있다고 생각합니다.

Q3. 방송작가는 어떻게 시작하나요?

어떤 직업을 선택할 때 그 직업의 유망도도 중요할 텐데요. 방송작가의 경우 꽤나 적합합니다. 2023년 한국직업전망보고서에서도 앞으로 더 증가할 직업이라 평가했어요.

그렇다면 어떻게 시작할 수 있을까요? 일단 방송 관련 학과에 진학하는 방법이 있습니다. 제가 졸업한 국어국문학과도 대표적인 예고요. 문예창작학과, 극작과, 방송연예과, 언어교육과, 언어학과, 연극영화학과 등에서 스토리텔링 전문 지식을 쌓는 것도 좋습니다. 하지만 다른 과를 전공해도 관계없어요.

전문 아카데미 교육도 있습니다. 제작 환경, 작가의 현실, 비전을 알려주는데요. 돈만 낸다고 다 다닐 수 있는 건 아니에요. 정식 시험은 없지만 나름의 관문이 있습니다. 자기소개서나 면접으로 합격을 결정하고 합격하면 정해진 기간동안 관련 커리큘럼으로 수업을 받습니다. (제 주변은 모두 합격자였는데 그냥 다 합격 시켜준 거라 생각하더라고요. 하지만 알아보니 실제 불합격이 존재합니다) 합격자들은 구성(플롯)은 어떻게 짜는지, 구체적인 대본은 어떻게 쓰는지, 다큐멘터리, 교양, 예능, 라디오 등 각 분야 실습 시간을 갖습니다.

방송작가의 구인구직은 거의 인맥으로 이뤄진다고 볼 수 있어요. 긴밀히 연결돼 서로를 도와야 하는 만큼 검증된 사람과 함께하고픈 마음이 큰 거죠. 마치 우리가 결혼 상대를 찾을 때, 전혀 모르는 사람을 길에서, 혹은 앱으로 만나는 것보단 믿을만한 사람 혹은 업체에서 좋은 남자, 좋은 여자라며 소개받는 경우를 더 선호하는 것과 비슷하다 할 수 있겠습니다. 아카데미의 경우 수료과정 중 교수진의 추천으로 중간에 취업이 되는 경우가 대부분입니다. 그렇게 먼저 방송에 발을 담근 동기가 남아있는 다른 동기를 끌어주고요. 하지만 그렇게 100% 다 일자리를 구할 순 없겠죠. 공개적인 구인 작업을 통해 그동안의 이력 혹은 열정을 보고 선택하기도 합니다. 그렇게 오롯이 스스로의 힘으로 작가생활을 시작하는 경우도 많아요. 부록에서 다시 한번 정리해드릴게요.

Q4. 일은 어디서 하나요? 주로 재택근무인가요?

요즘 제주도, 치앙마이 등 풍광 좋은 어딘가에서 한 달

살기가 유행인데요. 재택근무가 가능하면 수월하게 할 수 있죠. 일명 디지털 노마드(Digital Nomad)[1]. 방송작가의 경우 이 단어와 어느 정도 맞다고 생각해요. 섭외는 전화나 메일로, 대본은 노트북으로 쓰면 됩니다. 출연자와 긴밀한 소통이 필요하거나 제작진이 한데 모여 의견을 나눠야 할 때가 아니라면 사무실이 아닌 어느 곳에서든 일할 수 있죠. 따라서 이 질문에 대한 답은 때로는 회의실, 스튜디오, 촬영 현장, 그리고 집을 포함한 어디든이 되겠습니다.

Q5. 한 프로그램당 작가 몇 명이 일하나요?

한 명의 작가만 두는 경우는 거의 없습니다. 대부분 막내, 서브, 메인 작가로 나눠 일하고요. 프로그램 규모에 따라 서브작가의 규모가 달라집니다. 일반적으로는 한 명의 메인작가 밑에 여러 명의 서브작가, 그 아래에 막내작가가 있어요. 스튜디오와 VCR이 버무려진 종합구성물은 메인작가가 여러 명 있을 수도 있지만, 메인 중의 메인이 분명히 존재하죠. 막내 작가, 서브 작가일 때는 실수를 해도 배려를 받을 수 있지만 메인 작가가 되면 책임감이 커집니

---

1 프랑스 경제학자 자크 아탈리가 1997년 '21세기 사전'에서 처음 소개한 용어로 주로 노트북이나 스마트폰 등을 이용해 장소에 상관없이 일하는 사람을 칭합니다.

다. 경력, 원고료와 책임감은 정비례한다 볼 수 있겠죠?

Q6. 작가들의 롤(역할)은 어떻게 나누나요?

일단 막내 작가부터 시작해볼까요? 취재작가, 자료 조사원으로도 부르는 만큼 자료 조사, 섭외, 자막 정리, 보도자료 작성 등 잡다한 일을 담당합니다. 아직 방송 원고는 쓰지 않아요. 방송에 나가는 글을 쓰는 일 외의 모든 일을 한다고 생각하면 됩니다. 방송 제작 단계 중 제 가장 첫 업무이기도 한 '프리뷰'라는 작업이 있는데 원래는 영화 개봉 전 관계자들이 미리 보게 하는 걸 의미하지만 방송계에서는 촬영한 테이프를 기록하는 것을 말합니다. 라떼 얘기를 잠시 하자면 제가 취재작가를 할 시절 프리뷰는 온전히 작가의 몫이었어요. 지금은 컴퓨터 파일로 영상을 받을 수 있어 집이든 어디서든 가능하지만 당시엔 테이프를 재생할 수 있는 기기가 있어야만 했습니다. 그 말은 사무실에 그만큼 오래 있어야 했단 거죠. 해도 해도 끝나지 않는 작업에 촬영해 온 테이프를 씹어 먹을까? 몰래 버릴까? 생각도 했습니다. 하지만 세월이 많이 좋아진 지금은 프리뷰는 따로 프리뷰 요원이 하고 있습니다. (물론 제작 여건에 따라 아직 막내 작가가 하는 경우도 있더라고요)

방송작가가 하는 일 중 가장 힘들고 어려운 걸 꼽으라면 섭외가 빠질 수 없는데요. 특히 일반인의 경우 TV에 얼굴이 나오는 것 자체를 부담스러워하는 경우가 많은데 한술 더 떠 남편, 자녀 등 가족은 물론 직장 동료나 친구도 불러달라고 할 때도 있습니다. 다행히 호의적인 분들도 많지만 갑자기 안 하겠다며 돌아서는 경우도 있어요. 심한 경우엔 촬영을 약속하곤 잠수를 탈 때도 있죠. 개인적인 친분관계라면 욕 한 바가지 시원하게 하고 손절하면 그만이겠지만 방송은 펑크가 나면 안 되잖아요? 자존심 모두 내려놓고 온갖 회유에, 거의 바닥을 긁듯 빌어도 봅니다. 그 조차도 통하지 않으면 반협박도 불사하죠. 그렇게 어렵게 섭외에 성공해도 시의성에 맞지 않다면, 진부하다면, 알고 보니 얼마 전 타 방송에 나왔다면 함께할 수 없어요. 다시 원점으로 돌아가야 합니다. 이 모든 과정을 통과, 어렵사리 출연자가 정해지면 그 내면의 이야기를 끌어내야합니다. 본격적인 취재 단계인데요. 교양 프로그램의 경우 방송인이 아닌 사람들과의 촬영이 많은 만큼 꼼꼼함이 필요합니다. 하지만 쥐꼬리만 한 출연료를 주면서, 혹은 그조차 없이 본인 이야기를 탈탈 털어놓으라는 게 쉬운 일은 아닌데요. 뻔뻔하게, 마치 수십 년 알고 지낸 막역한 사이처럼 친근하게, 최대한 많은 이야기를 끄집어내는 것이 작가의 역할입니다.

그렇게 보통 3년 후부터 꼭지 작가, 코너 작가라고도 부르는 서브 작가로 입봉을 하는데요. 작가에게 입봉은 본인이 쓴 글이 방송으로 만들어져 나오는 것을 말합니다. 배우의 대사로 나오든, 성우가 읽는 멘트든 방송에 나오면 그게 입봉이에요. 다양한 이야기 중 무엇을 뿌리로 내리고 무엇을 기둥으로 세우고 어떤 가지를 뻗어나갈지 골라 문서로 정리합니다. 필요하면 추가 취재도 진행하고요. 그걸 갖고 촬영을 나갈 수 있게 구성안이라는 것을 작성합니다.

이후 메인작가가 되면 전반적인 프로그램의 구성을 맡습니다. 기획, 구성, 대본 작성을 맡죠. MC가 인사한 뒤 오프닝이라 부르는 프로그램 소개를 하고, 어떤 초대 손님을 부를지 정하고, 촬영한 VCR를 언제 재생하는 등의 전체적인 틀을 잡고 거기 들어갈 내용을 짭니다. 촬영본 편집 후 내용을 잘 전달할 수 있도록 내레이션 대본도 쓰고 필요한 경우 어떤 자막을 넣으면 좋을지도 정해주죠.

Q7. 자료조사는 어떻게 하나요?

자료조사는 섭외(누구와 어디를 갈 것인가 정하는 것)와 촬영구성안(무엇을 어떻게 촬영할 것인가, 어떤 질문을 할 것인가 정리한 것) 작성을 하기 전, 어떤 내용을 담을 수 있을지 정보를 수집하는 단계를 말합니다. 만약 어느 지역으로 여행을 가는 콘셉트라면 지역 특성, 관광지, 특산물, 음식 등은 기본이고 촬영 시기에 겹치는 체험, 축제, 각종 행사를 샅샅이 찾아야 해요. 해당 지역에서 운영하는 SNS를 참고하면 자세한 설명과 함께 최신 업데이트된 내용을 볼 수 있고 여행 브이로그나 드론 영상 등에서 실제 로드뷰를 살펴볼 수 있습니다. 영상으로 보면 카메라에 어떻게 담길지도 예상할 수 있기 때문에 참고하면 좋아요.

정보 수집 후 문서로 정리할 땐 '서핑의 성지 양양' 같은 쉽게 전달되는 비유를 추가한 제목을 달면 더 전달력이 높죠. 만약 박물관을 간다면, 박물관 이름, 위치, 전화번호, 전시품목, 운영시간, 요금, 주변 주차장과 주차요금, 주변 볼거리, 소요시간 등을 자세히 적어두면 좋고요. 촬영 때 겹치는 체험이나 축제, 공연, 마당놀이 등 각종 행사도 찾아야 한댔죠? 그것도 참고 사진과 함께 넣어주면 좋습니다. 딱 봐도 가고 싶다 생각이 들 만한 것으로요. 타 방송에서 비슷한 콘텐츠를 했다면 거기선 어디서 어떤 내용을 다뤘는지 요약해 적어놓는 것도 추천합니다. 이 작업을 하다 보면 여행사에 팔아도 되겠다 생각도 들고 이 동선으로 여행을 가면 참 좋겠다 싶기도 할 거에요.

역사, 의학, 경제 등 학술적인 정보를 담을 프로그램을 할 때면 특히 자료조사가 많이 필요한데요. 이 때 중요한 건 카더라 통신을 근거로 방송을 만들어선 안 된다는 겁니다. 방송에 나가는 것은 출처가 확실해야 해요. 또 그 출처의 신빙성이 높아야 합니다. 이를 판단하는 심의팀도 따로 있죠. 그래서 책을 참고하기 위해 서점이나 도서관을 들락날락 하는 경우도 있습니다. 기사의 경우에는 메이저급 언론사, 논문의 경우에는 SCI급 논문이어야 인정해요. SCI란 Science Citation Index의 준말로 국제 과학 논문 색인이란 뜻입니다. 세계적으로 학술적 기여도가 높은 학술지를 선정해 얼마나 인용되는지를 데이터베이스화한 건데요. 여기 등록된 건 세계적으로 권위를 인정받는 연구라는 거죠. 국가의 과학 기술력을 나타내는 척도로 여러 나라에서 두루 쓰이고요. 미국의 과학 정보 연구소(ISI)라는 시설 기관에선 과학 기술력의 척도로 60년대부터 이 지수를 사용했습니다. 내가 본 논문이 SCI급 논문인지 확인하는 방법으로는 아래 사이트에 논문 제목을 검색해보면 돼요. 논문 제목을 넣었을 때 'Science Citation Index Expanded' 문구가 나오면 SCI급 논문이라 할 수 있습니다.

https://mjl.clarivate.com

의료 통계가 궁금하다면 보건의료 빅데이터 개방시스템 (opendata, hira, or, kr)을 활용해도 좋아요. 대한민국 국민의 보건의료와 관련된 자료를 데이터화해 연구할 수 있도록 개방한 겁니다. 의료통계와 공공데이터가 잘 정리돼있죠. 좀 더 자세한 자료가 필요하면 건강보험심사평가원의 언론담당자에게 문의해도 좋아요. 제 경험상 친절히 말씀주십니다.

비슷한 주제의 다른 방송을 모니터링한 후 자료조사에 들어가면 훨씬 수월한데요. 여기서도 주의할 점이 있습니다. 모두 믿어서는 안 돼요. 간혹 잘못된 정보가 나온 경우도 있습니다. 실제 한 방송에서 언급한 '히포크라테스 왈, 모든 병의 원인

당시 참고한 책

은 장에 있다'는 내용을 저도 활용하려 했는데 출연하시는 가정의학과 전문의 선생님께서 관련 책을 찾아보고 오역이라 잡아주셨습니다. '공기, 물, 장소 등 인간이 거주하는 지역 환경이 질병과 건강에 중요한 영향을 미친다.'가 중요한 가설이고 현대적으로 장과 공기, 영혼 등으로 원인을

밝혔다는 것이라며, 모든 질병이 장에서부터 시작된다는 말이 아니고 일부 질병이 그렇다는 뜻이라고요.

이렇게 전문가의 도움을 받으면 좀 더 수월하고 정확한 만큼 감수를 따로 두기도 합니다. 합이 잘 맞는 분들은 옳고 그른 내용을 확인하는 것을 넘어 내용상 아이디어도 주시고, 감수하며 애정이 붙은 만큼 프로그램도 열심히 봐주셔요. 감사한 일이죠!

Q8. 섭외는 어떻게 해요?

방송작가의 가장 밑바탕이 되는 업무는 자료조사와 섭외, 취재 업무라 생각합니다. 가장 힘든 일이기도 하죠. 특히 연차가 낮을수록 키보드보다 전화기를 붙잡고 있는 시간이 더 길어요. 하루 종일 모르는 사람을 향해 출연 요청을 하는 작업은 녹록치 않습니다. 개인 시간을 할애해서, 얼굴을 만천하에 공개하며 방송 출연을 하는 건 쉽지 않으니까요. 그래서 거절당하는 경우가 상당한데요. 이 때 회의감이 들 수도 있습니다. 이 과정에 지쳐 방송계를 떠난 경우도 있어요. 그렇다면 거절을 줄이고 빠르게 섭외에 성공하는 것이 좋겠죠? 사실 이건 운도 따라줘야 합니다. 운칠기삼이란 말도 있죠? 모든 일은 운이 70%이고 재주는 30%라고요. 하지만 운은 우리가 바꿀 수 없는 영역이니

30%의 재주를 올려야 확률이 높아질 겁니다.

먼저 섭외하려는 목적을 스스로 정확히 알아야 해요. 어떤 내용으로 방송을 내보낼 것이니 어떤 사람이 적합한지를 스스로 파악합니다. 그리고 내가 섭외하는 사람이 어느 정도 일치하는지를 전달하며 그 사람에게서도 공감을 끌어내요. 후배 작가가 한 개그맨에게 섭외 요청을 했는데 거절하며 성공 요령을 알려줬다는데요. 비슷한 결입니다. '그 사람이 필요한 이유를 들어야 마음이 움직인다.'고 했어요. '당신은 내게 꼭 필요해요!'를 전하는 거죠. 그와 함께 전문 방송인이라면 미리 적정 출연료는 얼마인지, 최근 어떤 활동을 했는지, 방송 외에는 어떤 움직임이 있는지 등 배경 조사를 끝낸 후 연락해야합니다. 둘 중 하나라도 미흡하다면 성사될 가능성이 낮아져요. 그렇게 섭외에 성공하면 그 사람에게서 어떤 내용을 끌어낼 수 있을지 전화 혹은 대면을 통해 알아보는 시간, 즉 취재 단계로 넘어갑니다.

취재 내용을 문서화하는 취재지도 만들어야하는데요. 출연자와의 대화로 알게 된 점을 프로그램에 어떻게 녹여낼지 요령 있게 전달하는 것이 능력이죠. 그와 함께 중요한 정보를 잊지 않고 물어보는 것도 필요합니다. 예를 들어 조개를 캐는 어민을 촬영하려 합니다. '대략 3시간 정도면 되겠지?' 생각하고 그 시간에 맞춰 다음 행선지를 짤 수도 있는데요. 실제 그 작업은 배를 타고 나가서 물이 빠질 때까지 기다렸다가 물이 빠지면 조개를 캐고 다시 물이 차길 기다렸다가 다시 배를 타고 돌아와야 한다면 6시간이 훌쩍 넘겠죠? 그럼 3시간을 예상하고 짠 계획은 물거품이 될 수 있습니다. 이 정도면 되겠지 추측보다는 정확함, 꼼꼼함이 필요해요. 내용을 빠뜨리지 않기 위해서는 녹음도 추천합니다.

Q9. 출연자를 대하는 요령이 있나요?

한 번이라도 방송 출연을 해본 분이라면 공감할 겁니다. "작가들 참 친절하다." 아마 이 평판은 어느 프로그램이든 마찬가지일 거예요. 말 한 마디라도 친절하고 싹싹하게 합니다. 타고난 성격도 있지만 출연자의 텐션이 프로그램에 미치는 영향이 얼마나 큰지 알기에 더 신경 써요. 살짝 자랑을 해보자면 저는 얼굴 본 분들은 물론 통화만 한 출연자에게서도(심지어 중년 여성) 종종 안부 연락이 오는 경우가 있어요. 저를 편하게 생각하시더라고요.

어느날은 녹화를 하루에 여러 편 하는 경우가 있었는데 그럴 때는 담당 작가와 피디가 달라요. 이 때 출연자는 자기 시간에 맞춰 와도 되긴 하는데 밥 먹고 수다 떨 겸 대기실에 같이 있는 경우가 있습니다. 그 때 전문가 출연자 중

까칠한 분도 함께 있었는데요. 저와 대화 후 눈에 띄게 말랑말랑 부드러워져 다음 녹화를 진행했어요. 이후엔 까칠하다 싶으면 제게 출동 요청을 하더라고요.

출연자와 녹화에 들어가기 전 대본 리딩 작업을 하는데요. 이 때가 친해질 기회입니다. 혹시 불편한 점은 없는지, 물이나 간식 등 필요한 것 없는지, 대본에 고치고 싶은 점이나 궁금한 점은 없는지 등 세심하게 물어보고 챙겨주다 보면 어느 새 개인사까지 나오는 경우가 생깁니다. 여기까지 가면 편안해진 사이입니다. 직접 만나는 출연자가 아닌 통화만 하는 출연자라도 마찬가지입니다. 방송에 출연하는 사람이라면 대부분 뭔가 특별한 게 있거나 이야깃거리가 있다는 뜻입니다. 아무리 직접 눈을 보며 대화하는 게 아니라도 진심은 전해지는 법이죠. 이야기를 집중해서 잘 들어주다보면 친밀해지고 속 이야기를 듣게 됩니다.
한 번 보고 말 사람인데 굳이 에너지를 쏟아야 하냐고요? 네. 쏟아야 합니다. 한 번 출연한 분과 또 합을 맞추는 경우도 더러 생기고요. 방송은 송출되는 그 순간까지 어떤 일이 벌어질지 몰라요. 라포 형성이 탄탄하게 되어있을수록 돌발 상황에서의 대처가 유연해집니다. 한 번은 녹화가 끝났는데 조연출이 녹화 버튼을 안 누른 겁니다. 다들 돌아가기 전에 안 게 그나마 다행이었죠. 정말 크게 방송 사고가 날 뻔 했습니다. 하지만 차마 방송인도 아닌 사업가 출연자 분들에게 사실대로 말할 수는 없었어요. 리허설이었다며 하얀 거짓말을 했습니다. 피곤할 테니 식사 같이 하고 진짜 녹화 들어가자면서요. 그분들은 눈치를 챘을 수도 있어요. 하지만 이미 친해진 사이였기에 예정시간보다 훨씬 길어진 녹화시간에도 불평 없이 잘해주셨습니다. 우리 모두 피곤하지만 입꼬리 올리고 눈꼬리 내리고 스마일 ~ 웃는 표정으로 만남이든 통화든 해보아요.

Q10. 방송작가를 시작하고 만난 소중한 인연은?

학창 시절 친구만이 진짜 친구고 사회 나와서 머리 굵어지고 만나는 사람들은 실리를 따지는 관계, 진짜가 잘 없다고들 합니다. 하지만 저는 그렇게 생각하지 않아요. 물론 학창 시절 친구들의 소중함은 기본값입니다. 중학교에 가끔 강의를 가는데 그 때마다 이렇게 학교 다닐 때 친구가 평생 간다 말할 정도예요. 하지만 사회생활, 즉 방송작가를 시작하고 만난 인연들 중에도 소중한 사람들이 많습니다.

저는 대학교를 졸업하기 전부터 작가 생활을 시작했습니다. 다른 사람들 보다 조금 일찍 시작한 편이죠. 처음 막내로 일한 제작사에서 다른 팀 막내 작가 언니들과 붙어 다녔는데요. 지금도 좋은 일도 슬픈 일도 함께 나누며 서로에게 힘이 돼주려 노력하는 사이입니다. 그 중 한 언니는 여기저기 모르는 사람들에게 전화했다가 거절당하는 걸 반복하는 섭외 스트레스가 극심해 이 길은 내 길이 아니구나 하며 외식업으로 발길을 돌렸고요. 그 쪽으로 아주 잘 해내고 있습니다. 다른 언니는 지금도 굵직한 방송을 종횡무진! 아이가 둘임이 믿어지지 않을 만큼 열정적으로 해내고 있습니다. 언니에게는 "대단하다."는 말을 자주 해요.

서브 작가 시절의 인연도 귀합니다. 월, 화, 수, 목, 금 데일리 프로그램은 요일별로 팀이 각각 다른데요. 각 팀의 서브작가, 조연출은 나이도 비슷하고 주제는 다르지만 같은 프로그램이니 하는 일도 비슷하죠. 하루 24시간 중 자는 시간 외에는 거의 붙어있는 존재고요. 저는 태어나서부터 지금까지 쭈욱 부모님과 같이 살고 있는데 당시 부모님과는 아침에 일어나서 잠깐 집에 들어가서 잠깐 보는 게 다였고 나머지 시간은 죄다 이 멤버들과 함께였습니다. 이중 방송일을 지금까지 하는 사람은 저 밖에 없어요. 일이 정말 바쁘고 힘들었기에 이 때를 기점으로 모두 방송계를 떠났습니다. 그렇게 서서히 공통 관심사가 없어지며 대부분은 한때 좋은 인연으로 남았지만 그 중 일부는 지금까지, 그리고 앞으로도 종종 얼굴 보며 서로를 응원해주는 사이에요.

강한 자가 버티는 게 아니라 버티는 자가 강한 것이라 하죠? 버티기의 미학은 배신하지 않았습니다. 소위 방송 짬이 차면서 이후엔 생활이 좀 나아졌어요. 페이도 조금 올랐고 여유 시간도 생겼죠. 경제 전문 방송사의 생방송 프로그램을 맡았을 때입니다. 우리나라 주식 시장이 열려있는 중에 송출되는 장중방송이었어요. 1시간 혹은 2시간 간격으로 프로그램이 있고 각각 담당 제작진이 있었는데요. 워낙 변수가 많은 주식 시장이고 또 생방송으로 대응해야 하는 만큼 주식 시장이 개장하는 오전 9시부터 출근해 있어야 했지만 대신 주식 시장의 마감이 곧 퇴근이었습니다. 무려 오후 3시 30분 퇴근! 9:00 to 15:30, 워라밸 괜찮죠? 장중방송 다른 프로그램 담당 작가 언니들과 끝나고 늘 붙어 다녔습니다. 그 시간은 학생이라면 학교에, 직장인이라면 회사에 있을 시간이라 저희끼리 더 똘똘 뭉쳤어요. 그 중 일부는 지금도 제가 너무너무 좋아하는 언니입니다. MBTI T 성향이 강한데 그게 매력이에요. 전 F지만 T들의 애정 표현법 아주 좋아합니다. 감정적인 공감보다 해결책을 제시해주거든요. 선물을 해줄 때도 실용성을 생각합니다. 그리고 이 시절 덕분에 증권 전문가분들과의 친분도 쌓을 수 있었어요. 경제 분야는 전문적인 분야인 만큼 꼭 전문가의 도움을 받아야하는데 그럴 때 손을 내밀 수 있는 분들이 있다는 것만으로도 든든하죠.

그 외에도 프로그램 내에서 의학, 농업, 드론, 자동차, 부동산, 세무, 미술, 체육 등 다양한 분야의 전문가분들, 이런 저런 사업가분들을 만나는데요. 그 중 불편함 없이 티키타카가 잘 되고 뭔가 결이 맞는 분이 있습니다. 그런 경우에는 단순히 작가, 출연자라는 카테고리를 넘어 내 사람, 좋은 사람의 카테고리에 들어가죠. 꼭 일이 아니라도 가끔은 서로의 안부를 묻고, 마음 한켠에 상대가 잘 되길 늘 응원하고 있습니다. 아마 그 분들이 지금 이 대목을 읽고 있지 않을까 생각해요.

점점 더 연차가 쌓이면서 일터에서 매일 같이 부대끼지 않게 되면서는 같이 일을 한다고 꼭 친해지진 않았어요. 그냥 적당히 서로 피해 안 주는 선에서 할 것만 하고 그 일이 끝나면 쿨하게 작별하는 식이죠. 하지만 그 중에서도 정말 맘이 잘 통하는 작가 친구, 동생, 언니들이 있었습니다. 그런 관계는 프로그램은 끝나도 시간 내서 연락도 하고 얼굴도 보고 있어요. 경조사, 연말, 연초, 크리스마스, 생일을 챙기는 건 기본, 그 외에도 종종 만나는데요. 서로 일도 소개시켜주고, 때론 같이 하기도 합니다. 그런데 만나서 일 얘기 하는 건 1/10도 안 돼요. 가장 잘 이해하는 사람인만큼 현재 일에 대한 불만을 쏟아내기도, 잘 안 풀리는 내용을 상의하기도 하지만 일 얘기는 전혀 안 하는 날이 더 많습니다. 서로 개인사 이야기하면서 웃기도 하고 같이 욕해주기도 하고 축하하고 위로하기 바쁘거든요.

COVID-19가 한창 유행일 때 저는 양성이 나온 팀장님과 전날 점심식사를 함께 했음에도, 다음날 아침 고열과 함께 양성 판정을 받은 친구와 전날 밤에 칵테일을 나눠마셨어도 감염되지 않아서 슈퍼 면역체 있는 것 아니냐며 건방을 떨었어요. 그러다 정부 지원금도 주지 않게 된 막판에 감염되고 말았죠. 유난히 증상도 심해서 기침이 안 들어가고는 한 문장도 말할 수 없을 정도였습니다. 콜록콜록하며 칩거에 들어갔는데 괴롭지만은 않았어요. 어서 나으라며 과일, 건강기능식품, 배달 앱 상품권 등 따스한 마음이 줄줄이 이어졌거든요. 고마움에 아픔이(기침을 하도 많이 해서 나중에 폐 CT도 따로 찍었을 정도였지만) 상쇄됐죠. 그 출처 대부분이 이 때의 인연이기도 합니다. 이 책을 쓰면서도 엉망이라 큰일이라며 슬퍼하는 제게 힘을 준 동생도 작가 후배예요. 평소에도 제가 '내 자존감 지킴이'라고 부르죠.

정확한 어원은 모르겠지만 '얼굴에 분칠한 것들은 상종하면 안 된다.'는 말이 있습니다. 하지만 저는 얼굴에 분칠하는 사람들과 오히려 깊이 상종하고 있어요. 그리고 크게 힘이 됩니다. 특히 아나운서들과 가까이 지내는 편인데요.

모두 제가 방송작가 일을 하면서 인연이 닿은 거예요. 처음엔 모두 업무상 동료, 그 중 몇은 지인, 그리고 극소수는 절친이 됐죠. 다른 게 너무도 많은데 이상할 만큼 대화가 잘 통하고 만나면 무슨 이야기를 해도 편하고 재미있게 할 수 있는 친구도 아나운서예요. 지금 책을 쓰고 있는 것도 이 친구가 없었다면 불가능했을 겁니다. 방송계 상황을 뻔히 알기에 갑자기 약속을 펑크 내더라도, 같이 차타고 가다가 갑자기 노트북을 펼쳐 일을 하거나 여기저기 전화통화를 해도. 노랫소리를 줄여주는 배려와 힘들겠다며 위로, 혹은 갑자기 일을 하게 만든 인물을 같이 욕해줄 뿐. 서운함이라든지 귀찮은 내색은 전혀 없습니다.

아플 때면 보약과 건강식을 보내주고 늘 재밌는 곳, 맛있는 것을 발견하면 데려가는, 남자친구 이상의 감동을 주는 친구가 있는 것도 크게 감사한 일이죠. 책을 쓰기로 했다는 말에 도움이 될 만한 자료를 잔뜩 안겨주고, 아이디어가 필요하다는 말에 저보다 더 고민하고 실마리를 던져주기도 했습니다. 어린 시절 TV를 보면서 '우와 멋있다!' 생각한 아나운서분들과도 방송 회차를 거듭하며 함께 밥도 먹고 때론 술도 마시며 함께하고 있는데요. 제가 방송작가가 아니었다면 그분들과 마주할 일조차 없었을 테죠. 사회에서 이렇게 귀한 인연을 만날 수 있구나! 감동하고 감탄하는 날이 많습니다.

Q 11. 작업에 사용하는 툴과 장비는 뭔가요?

작가 중엔 컴맹이 많습니다. 저도 포함되는데요. 방송사 대본은 요즘 거의 사용하지 않는 아래아 한글 파일을 가장 많이 사용합니다. 공기관이나 회사에선 워드를 사용해서 그 쪽과 업무를 할 땐 워드로 작업하긴 하죠. 하지만 일반 방송을 만들 때는 아래아 한글 파일을 기본으로 합니다. 인터넷으로 검색할 줄 알고 타이핑하는 데 문제가 없다면! 컴맹이라고 걱정할 필요는 없습니다.

Q 12. 촬영 중 소품은 누가 챙기나요?

이건 뭐라 정의할 순 없는 것 같습니다. 저는 소품 챙기는 것도 재밌어하는 편인데요. 짜장면박물관 내에서 만드는 에피소드 중 하나로 대본에 중국집 철가방을 들고 들어오는 장면을 썼습니다. 자료조사할 때 그 박물관 안에 철가방이 놓여있었거든요. 그런데 혹시 하고 전화로 확인해보니 그 전시물을 얼마 전에 철거했다는 겁니다. 대본 내용을 바꾸거나 철가방을 구해 와야 하는 상황이었죠. 촬영일이 바로 다음 날이라 인터넷 주문도 불가능했습니다. 동네 중국집에서 빌려 갈까 싶어 전화를 걸어보니 요즘은 배달을 철가방으로 안 해서 안 갖고 있다는 거예요. 촬영장

근처의 중국집도 마찬가지였습니다. 하지만 과거 추억을 소환하는 장면인 만큼 비닐봉지에 들고 들어오고 싶진 않았어요. 추억 속 짜장면은 철가방에서 꺼내는 맛이 있는 거니까요. 다행히 여기저기 수소문하다가 극적으로 찾아냈고 콘셉트를 살려 촬영할 수 있었습니다.

사실 소품 챙기는 것 참 번거로운 일이에요. 연출팀이 챙기냐 작가팀이 챙기냐 의견이 대립될 때도 있습니다. 사이좋은 팀이라면 이런 소품 챙기는 것도 오히려 재미로 여기는데 아닌 경우는 갈등의 불씨가 되죠. 한 예로 지방 촬영에서 좀 독특한 소품이 필요했어요. 그 지역에서만 파는 거라 촬영일에 맞춰 내려가는 작가팀 보다 답사 차 하루 먼저 내려간 연출팀에서 사놓자고 했습니다. 그런데 연출팀 조연출이 저희 막내 작가에게 그걸 사오라고 했다지 뭐예요? 평소 사이가 좋지 않았는데 그런 식으로 표출된 것 같았습니다. 당시 저는 서브작가로 있었고 메인작가님이 계셨는데 막내 작가가 전화해선 이 상황을 이야기했죠. 너무 불합리한데 전 중간에 낀 입장이라 제가 교통정리를 하긴 어려우니 메인작가님께 얘기해야한다 했지만 이미 말씀드렸는데 막아주지 않은 거래요. 제게 해결해달라는 건 아니고 그냥 이런 일이 있다 얘기할 데가 저밖에 없어서 연락한 것이더라고요. 연출팀에게 다시 이야기하는 게 좋겠다니 굳이 이런 일로 얼굴 붉히기 싫어서 그냥 하루 먼저 내려가서 그걸 사놓겠답니다. 저까지 답답해지고 속상했는데 제가 통솔권을 갖고 있진 않으니 위로 말고는 해줄 수 있는 게 없었어요. 다른 일도 하고 있어서 전날 같이 내려가 줄 수도 없는 상황이었고요. 막내작가의 희생으로 그날 촬영도 분쟁 없이 잘 마무리 됐지만 당시 메인작가님이 파워풀하게 이야기해주셨으면 좋았을 텐데 하는 아쉬움은 있습니다. 작가팀, 연출팀 모두 괜한 자존심 다툼보다는 더 효율적인 방법을 찾는 것이 정답일 거예요. 아무래도 방송일의 처음과 끝은 원만한 인간관계인 것 같습니다.

Q13. 전체 제작진의 역할은 각자 어떻게 되나요?

라디오나 TV 프로그램을 기획, 구성해 제작하는 사람들을 제작진이라 불러요. 어떤 주제로, 누가 나오고 어디에서 촬영할지, 언제 찍을지 등을 서로 협의해 정하죠. 제작진은 크게 작가팀과 연출팀으로 나눕니다. 일반적으로 큰 그림을 그려내는 것은 PD가. 세부 내용을 기획하는 것은 작가가 한다 볼 수 있는데요. 작가팀의 방송작가는 화면에 어떤 내용을 넣을지 글로 표현하고 연출팀의 방송PD는 그 글을 화면으로 어떻게 구성할지 연출하는 감독이랄까요? 녹음, 영상그래픽 등 후반 작업을 진행하고 그 내용을 작가팀과 함께 적절한 분량으로 편집하는 것도 연출팀의 역할입니다. 어떤 장면을 살리거나 늘리고 어떤 장면은 뺄지도 함께 정해요. 그러다보니 어느 한 쪽이라도 없다면 방송이 제대로 나갈 수 없죠. 각자의 맡은 바를 온전히 다 해내야만 합니다.

작가팀은 앞서 말씀드린대로 막내작가, 서브작가, 메인작가 순으로 직급이 높아지고, 연출팀은 FD(진행), 조연출(AD), 연출(PD), 책임 프로듀서(CP), 부장(EP) 순으로 직급이 높아집니다.

Q 14. PD vs 작가, 누가 더 위인가요?

방송에서는 PD가 가장 높은 사람이지 않냐는 말도 꽤 하는데요. 그렇다고 작가가 PD의 부하 직원은 아닙니다. 물론 PD가 전체 프로그램을 책임지다보니 아무래도 우위에 있는 느낌도 있어요. 이 질문의 답은 예전에 경제방송을 함께했던 PD님의 표현이 가장 적절하다 생각됩니다. 저보다 10살 이상 많은 분이셨지만 본인과 저는 동등한 입장이라고 하시면서 지금은 좀 달라졌지만 전통적인 가족 관계에서 돈을 벌어오는 아빠의 역할은 PD, 그 안에서 살림을 꾸려가는 엄마의 역할은 작가라고요. 그렇게 PD와 작가가 누가 더 위냐 기 싸움을 하기보다 프로그램에 대한 서로의 의견을 조율하고 서로가 잘하는 것을 책임감 있게 해낼 때 좋은 프로그램을 만들어갈 수 있습니다.

Q 15. 모든 방송에 작가가 필요한가요?

아주 가끔은 "왜 돈을 더 써. 작가 없이 해도 되잖아?"와 같은 말을 들을 때가 있습니다. 기존 일반 직원에게 작가 역할을 주기도 하고요. 추가 수당을 주지도 않으면서 참 불합리하죠. 그게 버거워 결국은 작가를 구하는 경우도 봤어요. 현재 저도 그렇게 하고 있는 일이 있습니다.

하지만 비용을 쓰는 덴 이유가 있는 겁니다. 만약 작가가 없다면 당장 촬영부터 어려울 거예요. 어디에서 누구를 찍느냐부터 문제일 테고 촬영 하던 중에 "여기서 촬영하면 안 돼요!" 제지가 들어올 겁니다. 대본이 없다면 어디에서 무엇을 찍어야 하고 누구를 만나서 무슨 대화를 할지 즉흥적으로 이동하고 섭외하고 촬영해야하는데 아마 그렇게 촬영하다간 우왕좌왕 헤매기만 하다 하루가 다 갈 거예요. 방송에 적합한 내용을 찍고 송출할 수도 없겠죠.

방송 프로그램 진행은 아이템과 주제 선정→ 자료 조사 → 취재 내용 정리, 섭외→ 촬영→ 촬영내용 보기→ 편집 구성안→ 편집 정리→ 더빙원고 쓰기→ 더빙, 음악, 자막 → 방송의 단계로 이뤄집니다. 방송작가는 이 모든 단계에 관여해요. 기획 섭외 사전답사는 물론 인터뷰 자막 편집 소품준비까지 해야 할 때도 많습니다. 이 역할을 하는 사람이 빠진다면 정상적으로 방송이 될 수 없겠죠.

Q16. 급여는 언제 나오나요?

방송작가에겐 따박따박 월급날이란 개념이 잘 없어요. 막내작가 시절엔 월급제다보니 월급날이 정해져있습니다. 이후에는 편당 페이를 받기 때문에 방송 이후 언젠가 정산이라 생각하는 게 마음 편해요. 작가들이 일을 하나만 하지 않는 이유 중 하나가 이것이기도 합니다. 한 곳에서 빨리 안 들어와도 다른 곳에서 들어오는 게 있어야하니까요. 저는 개인사업자를 내고 활동 중인데 아무리 세금 계산서를 일찌감치 끊어도 한참 후에 입금하는 경우가 꽤 있습니다. 물론 체계적으로 운영되고 있는 제작사나 방송사의 경우엔 매달 급여일이 정해져있어 그 때 작가 페이도 정산이됩니다. 이런 경우 훨씬 안정적이죠.

급여 때문에 골치 아팠던 경험도 있습니다. 요즘은 계약서를 쓰고 시작하는 경우가 많지만 예전엔 계약서 한 장 없이 얼레벌레 일하는 경우가 대부분이었어요. 지급액 역시 딱 연봉 계약을 하고 시작하는 일이 아니라 구두 계약 정도랄까요? 그러다보니 사실 서로간의 믿음과 양심 외에는 보장해주는 게 없었죠. 일은 다 했는데 돈을 못 받게 됐을 때 참 억울했습니다. 여러분은 이런 일 겪지 않길 바라며 혹시라도 필요할 경우 활용할 수 있도록 부록에 제가 대응한 방법을 넣어놓을게요.

Q17. 4대 보험은 되나요?

국민연금, 건강보험, 고용보험, 산재보험이죠? 일반근로자의 경우 가입 의무 대상이지만 저희는 프리랜서, 그렇지 않아요. 너무 프리하다 보니 어떤 근로기준법에서도 자유롭습니다. 일단 국민연금은 모든 국민이 소득의 일정 비율 이상은 내야하니 자동이체 걸어놨고요. 건강보험도 마찬가지입니다. 고용보험, 산재보험은 해당 없어요. 고용보험에서 지급하는 실업급여는 참 탐나는데. 혹시라도 다치거나 아프면, 그게 업무 때문이라면 그걸 보장해주는 산재보험도 참 좋은 제도인데. 방송작가들은 누릴 수 없습니다. 4대 보험이란 사방의 울타리가 없는 만큼 비바람이 몰아칠 땐 스스로, 맨몸으로 막아내야 해요.

Q18. 휴무는 언제, 얼마나 쓸 수 있나요?

회사를 다니면 연차별로 휴가일수가 정해져 있죠? 방송작가는 휴가가 따로 정해져있지 않습니다. 하지만 회의,

녹화, 촬영 등에 할애해야하는 시간은 제외하고 혼자 작업하는 시간은 노트북만 있으면 어디서든 가능해요. 제 직업을 사랑하는 큰 이유 중 하나죠. 덕분에 작업에 무리가지 않을 정도로, 최대한 자주, 오래, 자체 휴무를 만들고 있습니다.

Q 19. 프로그램이 결방되면 페이는 어떻게 되나요?

월급제가 아니라 프로그램 편당 원고료를 받아요. 만약 국경일이나 명절, 특정 이슈 때문에 방송이 쉰다면 원고료는 지급되지 않아요. 작업이 어느 정도 진행됐음에도 방송이 되지 못하는 경우도 있는데요. 이런 경우는 일부는 정산해주는 경우도 있습니다. 제작사, 방송사의 역량에 따라 달라요. 관리비, 카드 값 등 다달이 나가야할 돈의 연체가 두렵다면 페이가 들어오지 않을 경우를 대비해 어느 정도의 통장 잔고는 남겨두는 것이 좋습니다.

Q 20. 퇴직금이 있나요?

프리랜서에게 퇴직금이란 안전장치는 없어요. 때문에 버는 족족 쓰면 큰일 납니다. 내 울타리는 내가 스스로 만들어야 해요. 경제방송을 하면서도 주식, 코인(왜 비트코인 권유에는 콧방귀만 뀌다가 알트코인만 샀는지...) 등에서 재미를 못 본 저라 더 그런지 투자는 여유자금으로, 뜻하지 않은 실직을 대비해서는 예금이나 적금을 들어놓는 걸 추천합니다.

Q21. 방송사와 계약은 어떻게 하나요?

2017년 말 문화체육관광부가 '방송작가 집필 표준계약서'를 만들었고, 2018년엔 각 방송사에 6개월 단위의 계약서를 체결하라는 권고 공문이 내려왔다고 합니다. 이 표준계약서를 활용하는 것을 추천드려요. 한국방송작가협회 홈페이지에서 무료로 다운받을 수 있습니다. 부록에도 넣어 놓을게요.

Q22. 방송작가도 노조가 있나요?

방송작가의 권리를 지키기 위한 단체들이 활발히 활동하고 있습니다. 일단 제가 소속된 한국방송작가협회가 있고요. 그 외 전국언론노동조합 방송작가지부(방송작가유니온), 전국언론노동조합 산하의 방송작가친구들이란 단체도 있습니다. 불공정한 계약을 예방하는 것부터 혹시라도 일을 했는데 돈을 못 받는다든지 각종 불합리한 사건으로 소

송이 필요할 때 도움을 줄 수도 있어요. 참고로 한국방송
작가협회의 입회 기준은 다음과 같습니다.

1. 드라마 부문

입회 신청일 현재 드라마 분야에서 집필한 작가로

① 단막극(특집극 등) : 2편 이상 집필하여 총 방송시간
120분 이상인 경우

② 시리즈물(미니시리즈, 연속극 등) : 1편 이상 집필하여 총
방송시간 240분 이상인 경우

③ 공동집필인 경우 1인의 방송시간이 위 ①, ②항 기준
을 충족하여야 한다.

2. 비드라마 부문

라디오

입회 신청일 현재 지상파 라디오 분야에서 3년 이상 집
필 활동한 방송작가

시사교양

지상파, 종합편성채널, 케이블TV, 협회가 계약을 체결한
매체에서 입회 신청일 현재 시사교양 메인작가 1년을 포함
한 4년 이상 집필 활동한 방송작가. 여기서 메인이라 함은
한 프로그램을 총괄적으로 구성, 조율하고 대본을 집필한
작가를 말한다.

예능

지상파, 종합편성채널, 케이블TV, 협회가 계약을 체결한 매체에서 입회 신청일 현재 예능 5년 이상 집필활동한 방송작가, 단, 여러 프로그램을 동시에 집필한 경우 방송 기간을 각각 산정하여 합산하고, 시트콤은 대본 집필기간을 두 배로 인정한다.

3. 외화번역 부문

입회 신청일 현재 30분물 기준의 외화 10편 이상을 번역하고 3년 이상 집필 활동한 방송작가

위 각 호의 자격기간 산정에 있어

① 쇼교양 등 부문이 명확하지 않은 프로그램의 경우에는 심사위원 합의하에 결정한다.

② 또한 여러 부문의 프로그램을 집필한 방송작가의 경우에는 방송기간 상위 2개 부문을 합산하되, 각 부문의 심사위원이 합의하여 자격기간 충족 여부를 최종 심의한다.

③ 심사 위원회는 심사 대상자에게 필요한 제반 증빙 자료 제출을 요구할 수 있으며, 집필 사실을 허위로 기재할 경우 5년간 협회 입회를 규제한다.

이상의 규정에도 불구하고 회원으로서의 자질에 상당한

문제가 있다고 판단되는 경우에는 이사회의 의결을 거쳐 입회를 유보할 수 있다.

이상의 기본 요건을 갖춘 사람에 한하여 정회원 3인의 추천이 있어야 한다. 단 심사위원의 추천은 받을 수 없다.

Q 23. 시작할 때 나이 제한이 있나요?

나이 제한이 명확히 있진 않지만 웃어른께는 예의 바르게 말하고 행동해야 한다는 동방예의지국 특성상 본인보다 나이가 많은 후배를 들이는 건 부담스러워 해요. 저는 일을 좀 일찍 시작한 편이다 보니 일을 천천히 시작한, 저보다 나이가 더 많은 후배 작가를 들인 경험이 있는데요. 꽤 불편했습니다. 말을 놓을 수도 없었고 일을 부탁할 때 눈치를 많이 보게 되더라고요. 일반적으로는 나이가 많아도 상관없다 하겠지만 솔직한 마음은 제 경험상, 방송작가란 직업에 흥미를 느낀다면 한 살이라도 빨리 시작해보는 것을 권합니다. 그래야 아니다 싶을 때 더 빨리 돌아갈 수도 있으니까요.

Q 24. 은퇴 시기는 언제인가요?

지인이 은행에 근무했는데 40세가 되자 사직을 권하더래요. 심플하게 권고사직이죠? 그렇게 퇴직했고, 퇴직금은 넉넉히 넣어줬다고 합니다. 또한 친구의 남편이 유명 IT 회사에 다니는데 승진 소식이 들려오자 오히려 슬퍼하더라고요. 이 업계에서는 빠른 승진을 기피한대요. 퇴사로 가는 지름길이라고요. 하지만 방송작가의 경우 현재 69년생, 73년생 선배님도 아주 활발히 활동 중이십니다. 아마 60세가 넘어도 지금과 다를 바 없을 것 같아요.

Q 25. 방송시간은 짧아도 촬영은 오래 하던데 방송분은 어떻게 정해지나요?

어떤 프로그램의 방송시간이 50분이라고 할 때, 촬영은 훨씬 긴 시간 동안 진행해요. 대부분 몇 날 며칠에 걸쳐서 합니다. 그렇게 촬영이 끝나면 담당

촬영현장

PD가 편집을 합니다. '가편'이라 불러요. 그 가편본을 작가와 함께 보고 어떤 장면은 빼고 어떤 장면은 넣었으면 좋겠다고 의견을 조율합니다. 그 과정은 '파인'이라 불러요. 다음은 '시사'라는 과정을 거쳐야 합니다. 책임 프로듀서와

부장급 PD가 영상을 보고 필요한 부분에 수정 요청을 하는 시간인데요. 쉽게 지적질이라 생각하면 됩니다. 이 때 수정이 많아지면 아주 피곤해지기 때문에 굉장히 긴장되는 시간입니다. 그 지적 때문에 촬영을 새로 나간 경우도 있어요.

매회 방송시간은 앞뒤 광고 시간을 계산해 정확히 맞아떨어져야 합니다. 그래서 아무리 좋은 내용이 많아도 러닝타임에 맞춰 잘라야 하고 내용이 부족할 것 같으면 뭐라도 이야기를 끄집어내 러닝타임만큼은 이야기를 풀어줘야 해요.

Q26. 프리랜서? 정규직? 계약직? 방송작가는 어떻게 일하나요?

방송작가는 대부분 프리랜서입니다. 프로그램 건당 얼마를 받을지 정하고 계약해요. 지상파 정규직 작가는 없고요. 간혹 외주 제작사나 지자체 등에서 정규직이나 계약직으로 고용하는 경우는 있습니다. 대부분 따로 배정된 책상 없이 각자 짐을 싸다닌다고 보따리장수, 바뀌는 프로그램에 맞춰 춤을 춰야 한다며 프리댄서라 칭하기도 해요. 법적으로는 인적용역 사업소득이라고 분류하고 3.3%의 세금을 뗍니다.

사업자는 소득에 대한 경비의 폭도 넓고 세액공제, 세액

감면 등의 혜택도 있지만 인적용역은 그런 혜택이 없어요. 그나마 할 수 있는 건 경비 영수증을 열심히 모아 필요경비로 적용하거나 가능하다면 부양가족을 넣어 소득공제, 기부금 세액공제를 적용하는 것 정도를 들 수 있겠습니다.

프리랜서. 이름은 거창해 보이지만 소속되지 않았다는 것은 나를 보호해줄 울타리가 없다는 거예요. 매년 5월, 종합소득세 신고 시기가 오면 세금 폭탄에 스트레스를 받는 작가도 있고 종합소득세 신고를 굳이 하지 않아도 될 만큼 적은 수익이 스트레스인 작가도 있습니다. 생존을 위해 다른 일용직 아르바이트를 하는 경우도 봤어요. 그만큼 방송작가를 포함한 프리랜서의 현실은 녹록치 않습니다. 당연히 세금 폭탄을 맞더라도 수입이 많은 게 좋겠죠? 그렇다면 나를 찾는 사람이 많아야 합니다. 그걸 위해선 같이 일하는 사람들, 일했던 사람들에게 좋은 평가를 받아야 해요. 내가 어떻게 보이느냐, 즉 평판이 곧 이력서입니다. 같이 일했던 피디가 신규 프로그램에 들어가면서 찾고, 선배 작가가 프로그램을 옮기면서 불러주는 식으로 새 프로그램에 들어가기 때문이죠.

Q27. 방송작가에게 필요한 능력은 뭔가요?

방송 준비의 처음부터 끝까지 방송작가의 손을 거치지

않는 단계는 없습니다. 방송을 할 만한 인물, 상황을 찾아내고 그걸 방송에 내보내는 과정 모두에 관여하는데요. 장르에 따라 필요한 점은 조금씩 다릅니다.

드라마작가는 잘 어울리는 캐스팅과 탄탄한 스토리 구성, 감성을 자극하는 대사를 만들어내는 능력이 중심이 된다면, 예능작가는 기발하고 재밌는 아이디어가 많을수록 좋습니다. 교양작가의 경우 분야별로 꽤 지식을 갖고 있어야 합니다. 덕분에 방송을 준비하는 동안은 억지로라도 해당 분야의 반 전문가가 돼요. 하지만 신기하게도 방송을 내보냄과 동시에 뇌에서 지워지더라고요. 거의 매일 방송 원고를 써야하는 라디오작가의 경우 청취자들에게 공감을 줄 주제가 무궁무진해야 할 겁니다.

Q28. 본사는 뭐고 제작사는 뭐에요?

사실 이 명칭은 방송하는 사람들이 편의상 이렇게 부르는 건데요. 우리가 TV를 볼 때는 채널이 있죠. 그 채널 송출권을 갖고 있는 방송사를 '본사'라 표현하고요. 프로그램 제작 능력을 갖고 방송사에 프로그램을 납품하는 곳을 외주 프로덕션, 외주 제작사, 짧게 '제작사'라 부릅니다. 방송사는 방송국이라고도 부르는데 '국'은 정부 내 부서 단위 중의 하나인 국(局)을 의미하는 만큼 방송사라는 표현이 더 맞아요.

일단 방송사 이야기부터 해볼게요. 브라운관으로 방송이 나오는 방법 중 지상 무선국을 통해 대기 중의 전파를 이용하는 경우가 있어요. 이걸 지상파방송 또는 공중파방송이라 부릅니다. 방송법에는 지상파방송으로 되어 있고요. KBS, MBC, SBS, EBS가 여기 해당합니다.

1995년부터는 채널이 더 다양해졌어요. 케이블 채널이라는 새로운 형태의 방송 시장이 열립니다. 방송법에서는 종합유선방송이라 정의하고요. 유료로 가입하는 만큼 돈값을 해야 합니다. 케이블 방송은 원래 특정 주제만 편성이 가능해요. 경제 전문 채널, 낚시 전문 채널, 패션 전문 채널과 같은 식입니다. 그런데 다양한 주제를 편성할 수 있는 것이 종합편성채널, 즉 종편채널이에요. 보도, 교양, 오락 등 다양한 프로그램을 송출할 수 있죠. 현재 TV조선, jtbc, MBN, 채널A 이렇게 4가지가 있습니다. 이런 방송사에서 내부 인력으로 제작할 경우 자체제작, 그렇게 일할 경우 인하우스라 표현합니다. 그런데 한 방송사에서 방송되는 프로그램 개수가 꽤나 많잖아요? 그 모든 것을 방송사 인력으로 제작하긴 어렵겠죠? 그래서 외주를 주어 프로그램을 제작합니다. 그게 외주 제작이고 외주 제작을 하는 곳이 제작사입니다. 방송에 적합한 프로그램을 만들어 납품하는 거예요. 아웃소싱이라 표현하면 더 이해가 빠를까요?

방송사와 제작사, 둘 사이의 관계를 설명할 수 있는 보고서도 있는데요. 문화체육관광부와 한국콘텐츠진흥원이 방송 외주제작 거래 관행 전반을 점검한 '2023년 방송 프로그램 외주제작 거래 실태 보고서'입니다. 방송 프로그램 외주제작 거래 경험이 있는 방송영상독립제작사 177개사, 제작사 97개사, 방송사업자 8개사를 대상으로 외주제작 관행에 대한 설문조사와 심층 인터뷰를 진행한 결과인데요. 방송사보다 제작사에서 관행을 개선해야 한다는 의견이 많았습니다.

특히 제작비에 대한 의견이 가장 상반됐는데요. 방송사는 적정 금액 이상 지급하고 있다고 인식하지만, 제작사는 적게 받는다는 의견이었습니다.

그런데 이건 너무 당연한 말이기도 해요. 돈 주는 쪽은 적당하다며 줄 테고 받는 쪽은 늘 부족하게 느끼죠. 하지만 강 건너 불구경만 할 것은 아닌 게 이 제작비에서 작가료도 나오는 겁니다.

방송사보다 제작사의 수가 많은 만큼, 또 방송사로부터 제작사가 돈을 받는 만큼 양측의 관계는 갑과 을의 느낌이긴 해요. 하지만 방송 업계에도 갑보다 오히려 더 파워가 센 슈퍼을은 존재하고 갑이라고 모두가 갑질을 하진 않습니다. 오히려 굉장히 존중하는 경우가 많아요. 또한 어느 분야든 마찬가지로 실력보다 아부와 청탁 등의 뒷거래로 계약이 성사되는 경우가 종종 있지만(내정이라고 하죠) 대다수가 실력으로 판단하는 만큼 방송사와 시청자의 입맛에 맞는 프로그램 생산 능력이 좋은 제작사라면 여기저기서 러브콜을 받습니다. 오히려 방송사들이 제작사와 함께 일

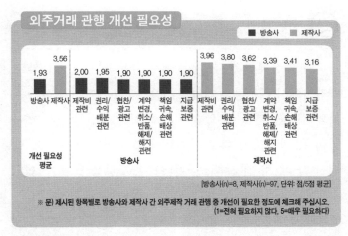

외주거래 관행 개선 필요성

■ 방송사　■ 제작사

	개선 필요성 평균	방송사						제작사					
	방송사 / 제작사	제작비 관련	권리/수익 배분 관련	협찬/광고 관련	계약 변경, 취소/반품, 해제/해지 관련	책임 귀속, 손해 배상 관련	지급 보증 관련	제작비 관련	권리/수익 배분 관련	협찬/광고 관련	계약 변경, 취소/반품, 해제/해지 관련	책임 귀속, 손해 배상 관련	지급 보증 관련
방송사	1.93	2.00	1.95	1.90	1.90	1.90	1.90						
제작사	3.56							3.96	3.80	3.62	3.39	3.41	3.16

[방송사(n)=8, 제작사(n)=97, 단위: 점/5점 평균]

※ 문) 제시된 항목별로 방송사와 제작사 간 외주제작 거래 관행 중 개선이 필요한 정도에 체크해 주십시오.
(1=전혀 필요하지 않다, 5=매우 필요하다)

출처: 한국콘텐츠진흥원

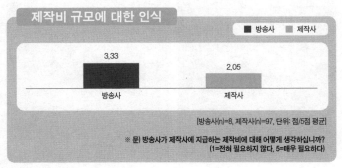

제작비 규모에 대한 인식

■ 방송사　■ 제작사

방송사	제작사
3.33	2.05

[방송사(n)=8, 제작사(n)=97, 단위: 점/5점 평균]

※ 문) 방송사가 제작사에 지급하는 제작비에 대해 어떻게 생각하십니까?
(1=전혀 필요하지 않다, 5=매우 필요하다)

출처: 한국콘텐츠진흥원

하고 싶어 하는 거죠. 이런 곳은 인력도 계속 충원하며 점점 더 흥합니다. 하지만 반대로, 방송사에서 원하지 않는 제작사라면 도태되기 쉬워요. 야심차게 시작했지만 일이 없어져 적자를 거듭, 결국 문을 닫는 경우를 꽤 봤습니다.

Q29. 본사(방송사)가 좋아요, 제작사가 좋아요?

작가 입장에서 본사(방송사)에서 근무하는 게 좋을까요, 제작사에서 근무하는 게 좋을까요? 사실 어디서 일하든 작가의 업무는 다를 게 없습니다. 하지만 확실히 다른 면은 있어요. 방송사는 대부분 건물이 꽤나 으리으리하죠. 출퇴근 할 때 저 건물에 들어간다는 뿌듯함을 느낄 수 있고

쾌적한 시설에 출입증을 찍고 들어가면 기분이 좋아집니다

요. 방송사 명에 내 이름과 사진이 찍힌 출입증을 걸 때 왠지 기분 좋아요. 입구에서 그걸 인증하고 들어가는 나 자신이 뿌듯하기도 합니다. 그래서 출근 초반엔 출근길 사진도 많이 찍게 돼요. (물론 이건 일에 찌들기 전 기분입니다) 그리고 대부분의 경우 내부 시설도 널찍하고 쾌적하죠. 그렇게 소위 인하우스 근무를 하지만 실제 작가는 내부 인력이 아닌 프리랜서인 만큼 약간은 이방인인 느낌이 들 수 있습니다. 예를 들면 구내식당을 이용할 때 내부 피디님들은 직원 카드로 간단히 인증하면 되지만 작가들은 식권을 따로 사야 한다든지, 주차 지원이 안 된다든지 등등. 뭐 그런 소소한 서운한 상황들이 있어요. 하이패스 장착 차량과 미장착 차량 같은 느낌이죠. 하지만 같이 일하는 작가들을 살뜰히 챙겨주는 피디와 함께하거나 작가팀 분위기가 좋다면 문제없을 겁니다.

그렇다면 제작사는 어떨까요? 아주 규모가 큰 제작사라면 단독 건물을 갖고 있을 정도로 좋은 컨디션이기도 하지만(말 그대로 빌딩을 올린 거죠) 대부분은 그렇지 않아요. 소규모 사무 공간이 사무실인 경우가 많습니다. 왠지 복장도 더 편안하게 가게 되고요. 그 안에서 복닥복닥 지내다보니 아무래도 좀 더 대화를 할 일이 생기면서 훨씬 친해집니다. 그러다보면 아무래도 개인사도 더 많이 알게 되겠죠?

그래서인지 한 번 연을 맺으면 쭈욱 가는 경우가 많습니다. 말 그대로 가족 같은 분위기랄까요? 방송사 대표님과는 얼굴조차 못 볼 경우가 많고 직접 대화를 나눌 일이 없지만(저도 현재로선 없네요) 대부분의 제작사 대표님과는 오며 가며 인사하고 회식 자리에도 함께하며 꽤나 친한 사이가 됩니다. 그 외 다른 구성원들과의 관계도 돈독하죠.

이런 감성적인 건 상관없고 실질적인 차이가 궁금하다는 분도 계실 겁니다. 그렇다면 주제는 돈으로 흘러가죠. 아무래도 방송사 자체제작보다 외주 제작을 맡길 때 제작비를 아끼려는 경향이 있어요. 모두가 이익을 추구하는 집단이니 어느 정도 이해는 가지만 비슷한 작품 제작비가 방송사는 10억, 외주는 1억 남짓이라는 기사엔 적잖이 놀랐습니다.[2] 최근 발표한 '2023년 방송 프로그램 외주제작 거래 실태 보고서'에서도 이 상황을 살펴볼 수 있어요.

상향 조정이 필요한 제작비 항목 두 개를 꼽아달라는 요청에 방송사 71.4%는 '해당 없음'을 골랐고 제작사의 74.2%는 '제작진 인건비'를 들었습니다. 작가들은 워낙 한 프로그램만 하지 않다보니 방송사에서, 제작사에서 동시에 일하는 경우가 많은데요. 저 역시 마찬가지입니다. 작

---

2 출처: 더중앙(2017) "방송사 착취 그만두라"…'을(乙)' 외주 제작사, 첫 집단 목소리

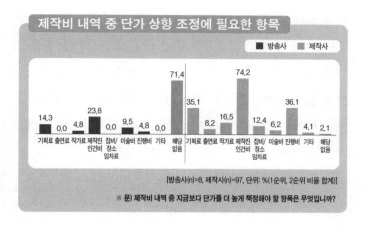

제작비 내역 중 단가 상향 조정에 필요한 항목

■ 방송사 ■ 제작사

항목	방송사	제작사
기획료	14.3	8.2
출연료	0.0	16.5
작가료	4.8	74.2
제작진 인건비	23.8	12.4
잡비/장소 임차료	0.0	6.2
미술비	9.5	36.1
진행비	4.8	4.1
기타	0.0	2.1
해당없음	71.4	35.1

[방송사(n)=8, 제작사(n)=97, 단위: %(1순위, 2순위 비율 합계)]

※ 문) 제작비 내역 중 지금보다 단가를 더 높게 책정해야 할 항목은 무엇입니까?

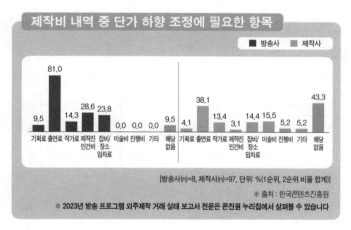

제작비 내역 중 단가 하향 조정에 필요한 항목

■ 방송사 ■ 제작사

항목	방송사	제작사
기획료	9.5	4.1
출연료	81.0	38.1
작가료	14.3	13.4
제작진 인건비	28.6	3.1
잡비/장소 임차료	23.8	14.4
미술비	0.0	15.5
진행비	0.0	5.2
기타	0.0	5.2
해당없음	9.5	43.3

[방송사(n)=8, 제작사(n)=97, 단위: %(1순위, 2순위 비율 합계)]

※ 출처: 한국콘텐츠진흥원

※ 2023년 방송 프로그램 외주제작 거래 실태 보고서 전문은 콘진원 누리집에서 살펴볼 수 있습니다

년에 있었던 일을 예로 들어볼게요. 제가 일하고 있는 방송사에서 신규 프로그램을 제작하려는데 외주 제작을 맡기고 싶다고 해서 제작사를 연결해줬습니다. 진행하게 되면 작가는 제가 하기로 했고요. 그런데 생각보다 제작비를

엄청 적게 이야기했더라고요. 제 작가료가 미안할 정도였습니다. 그럼에도 타 제작사와 경쟁이 붙었는데 타 제작사는 놀랍게도 더 적은 제작비로 진행하겠다고 했고, 그 쪽으로 일이 넘어갔습니다. 제작사들 입장에서는 안 하는 것보단 나으니 많이 아쉽지만 그렇게라도 진행을 했나보더라고요. 차라리 이렇게 한 번에 깔끔하게 하냐 마냐를 정하면 더 나은데 여러 제작사를 경쟁구도로 두고 돌아가면서 방송을 만들게 하곤 가장 시청률이 낮게 나온 제작사를 아웃시키는 경우도 있어요. 이럴 경우 거의 전쟁이죠.

또한 외주제작사에서 협찬을 받아오면 방송사가 송출료 명목으로 10~30%가량 가져간다고 합니다.[3] 이런 이유들로 아무래도 방송사 내에서 일할 때 작가료가 조금은 더 높게 책정될 확률이 높은 것 같습니다. 이 역시 100%는 아니겠지만 제 경험에 비췄을 땐 맞는 것 같아요. 하지만 엄청난 차이는 아닌 만큼 각자가 성향에 따라 결정하면 좋을 것 같습니다. 사실 방송사와 제작사의 차이보다 무엇을 누구와 함께하느냐가 만족도를 좌우하거든요. 방송사에서 더 돈독한 인연을 만들 수도 있고, 제작사에서 배신감을 느낄 수도 있고요. 제가 경험한 제작사들은 최소한 식사는 따박따박 챙겨줬는데 그렇지 않은 곳도 있더라고요. '이건 아닌데...'

---

3 출처: PD저널(2024) 풍자 대상 된 광고 규제... PD 76% "심의·협찬 제도 개선 시급"

하는 마음이 강하게 들면 그만두는 것도 용기입니다. 방송사든 제작사든 장소의 차이보다는 사바사. 그야말로 사람 by 사람. 사람에 따라 다르니 방송사냐 제작사냐 편견을 갖고 보기보다 두루두루 마음을 열고 시작하시길 바랍니다.

Q30. 생방송과 녹화방송의 차이와 장단점은 뭔가요?

생방송은 지금 하는 것이 그대로 방송에 나갑니다. NG, 다시가 없는 거죠. 실수하면 안 되는 만큼 집중력이 필요하고 긴장감이 엄청나지만 수정 및 후작업이 없다는 장점이 있습니다. 아무리 준비를 철저히 한다고 해도 언젠가 한 번은 예상치 못한 사건 사고가 터지기 마련인데요. 그때 대처를 얼마나 잘하느냐가 관건입니다.

촬영 현장. 어차피 하는 것, 즐겁게!

녹화방송은 사전에 촬영하고 편집, 효과 작업을 다 마친 후에 방영하는 겁니다. 송출 전까지 얼마든지 수정할 수 있죠. 그만큼 실수 확률은 낮아지고 완성도가 높아져요. 촬영을 추가로 할 수도 있고 그 중 가장 좋은 장면을 골라 쓸 수도 있습니다. 하지만 이것이 단점이기도 해요. 촬영 후에도 계속해서 시간과 노력이 더 들어가니까요.

Q 31. 해외 출장도 가나요?

해외에서 우리나라 제작진을 원하는 경우가 꽤 있습니다. 우리나라 영화, 드라마, 예능 등의 인기 덕분이겠죠? 저는 해외 출장을 가진 않았지만 다녀온 작가들의 경험에 의하면 장단점이 확실하대요. 일단 원고료가 국내의 2~3배 이상이라는 장점이 있고 그만큼 일도 많이 한다는 단점이 있다고 합니다. 바빠서 돈을 벌어도 쓸 시간이 없어 그대로 갖고 들어왔다고 해요. 역시 남의 돈은 거저 받는 게 아닌가봅니다.

Q 32. 해외 콘텐츠와 국내 콘텐츠의 차이점은 뭔가요?

2019년, 2020년에 인도네시아와 한국의 합작 프로그램 3개에 참여했습니다. 인도네시아는 K-POP, K-Culture,

K-Beauty가 엄청난 인기를 끌고 있는 나라죠. 그곳의 셀럽과 우리나라의 연예인들이 함께 한국의 관광지를 돌며 소개하는 프로그램이었는데요. 모든 기획, 구성은 한국 제작진이 진행했고 후작업만 인도네시아 문화에 맞춰 그쪽 제작진이 진행했습니다. 국내 콘텐츠를 제작할 때와 해외 콘텐츠를 제작할 때의 가장 큰 차이점은 그 나라의 상황을 고려해야 한다는 거예요. 우리나라에서 아무리 인기가 많아도 해당 국가에서 인지도가 없다면 잘된 섭외가 아니겠죠. 그 나라에서 인기가 높은 출연자를 선택하는 것이 섭외의 기준이었습니다. 문화도 고려해야해요. 만약 알코올 섭취가 금지된 나라라면 아무리 멋진 와인바라도 소용이 없겠죠. 해당 국가에 대한 정보를 먼저 탄탄히 쌓은 후 거기에 맞게 출연진부터 내용까지 만들어야 합니다.

Q33. 하루에 몇 시간 일하나요?

글쎄요. 법적 근로시간은 주당 52시간이죠? 저희는 하루 업무량도, 업무시간도 정해져있지 않아요. 어느 날은 팽팽 놀기도 하고 어느 날은 아침에 눈 떠서부터 밤에 눈 감을 때까지 일을 놓지 못하기도 합니다. 또 어느 날은 새벽까지 졸린 눈을 비벼가며, 카페인을 들이 부어가며 컴퓨터 앞에 앉아있기도 하죠. 녹화나 더빙을 앞뒀을 때 주로 일하는 시간이 긴 것 같아요.

Q34. 일은 주로 어느 시간대에 하나요?

방송작가라고 하면 흔히 야심한 새벽에 자고 오후 느지막이 일어날 것이라고 생각합니다. 네. 일반적으로 맞아요. 하지만 저는 꽤나 이른 시간에 하루를 시작하는 편입니다. 오후에 일어나는 경우는 손에 꼽을 정도죠. 알람을 굳이 맞추지 않아도 8~9시면 눈이 떠집니다. (글을 쓰는 지금도 9시 56분이네요) 그렇다고 일찍 잠자리에 들진 않아요. 여러 직군이 모여 있는 학창 시절 친구들 카카오톡 단체방에서 하루 중 가장 늦은 시간에, 다음 날 가장 빠른 시간에 적혀있는 말풍선은 저일 때가 많습니다. 잠을 많이 자는 편이 아니라 이런 패턴이 가능한 것 같은데요.

제 하루를 읊어보자면(특별한 미팅이나 약속, 녹화 등이 없는 날 기준입니다) 일단 아침에 일어나 좀 뭉그적거립니다. 눈은 떴지만 몸은 움직여지지 않는 상황, 잘 아시죠? 그 상태에서 한 쪽 팔만 겨우 움직여 충전해뒀던 폰 충전기를 분리하고 자는 동안 연락 온 게 있는지 확인합니다. 있다면 답변을 하고 SNS 속 킬링 타임 영상을 훑어요. 팔이 아픈가? 싶으면 몸을 일으킬 시간! 가글을 하고 아침을 먹습니다. 전 소화력이 어찌나 좋은지 아침에 일어나면 배가 고파요.

아주 바쁜 날이 아니고선 아침을 꼭 챙겨먹습니다. 그리곤 샤워를 하고 커피를 한 잔 내립니다. 워낙 커피를 좋아해서 핸드드립을 위한 다양한 원두, 분쇄기, 드리퍼 등도 있지만 번거로워서 아주 가끔만 쓰고 대부분은 간단히 캡슐로 내려 마셔요. 저는 침실과 작업실을 분리해놨는데요. 작업실 컴퓨터를 켜고 혹시 메일 온 게 있나 살펴봅니다. 원래 메일 확인을 잘 안 했는데 이제 하루에 한 번은 꼭 해요. 예전에 한 번 중요한 업무 메일이 온 것을 모르고 있다가 마감 이틀 전에 극적으로 발견한 적이 있거든요. 그 때 너무 힘겹게 마감을 지켜낸 탓에 루틴이 됐습니다. 그리곤 오늘 해야 할 목록을 수첩에 한 번 써 봐요. (까먹을까 봐 불안한 맘에 하는 의식이에요. 그리곤 하나씩 해치우려 시도합니다) 하지만 중간중간 이런저런 연락이 와요. 그럼 답변을, 해결을 해야 하죠. 또 매회 돌발 상황은 왜 꼭 생기는지… 통화, 메시지를 하다 보면 막상 리스트에 적은 일은 제대로 건드리지 못하고 해가 저물 때가 많습니다.

그래서 조용히 진짜 내 일을 하는 시간은 공적인 사이에서 연락하긴 힘든 늦은 시간인 경우가 대부분이죠. 저 역시도 방해받지 않고 일할 수 있는 시간이고요. 심지어 특별한 미팅이나 약속, 녹화 등이 있는 날이면 아예 컴퓨터 앞에 앉는 시간 자체가 모든 일정이 끝난 밤이 되죠. 일찍 일어나는 새이긴 하지만 벌레는 밤이 돼서야 먹고 있습니다.

크게 기획, 구성, 촬영, 대본 작업으로 나눌 수 있는데요. 먼저 어떤 프로그램을 만들지 기획을 한 후, 관련 자료를 수집, 정리하며 프로그램의 밑그림을 그립니다. 거기 맞는 출연진을 섭외하고요. 촬영에 들어가죠. 촬영 후에는 편집 과정이 필요해요. 야외 촬영이나 스튜디오 녹화를 통해 얻은 촬영 영상 중 최상의 컷을 고르고 순서를 정해 가편집을 마치는 거죠. 필요한 경우 영상을 보정하고 종합편집실에서 영상과 음향을 보기 좋게, 듣기 좋게 만집니다. 이 과정은 PD가 리드하는데요. 작가와의 합도 중요해요. 전체 촬영본을 작가가 쓰윽 훑어보고 큰 틀을 짠 뒤 내용을 정하는 편집구성안을 만들 때도 있습니다. 이를 바탕으로 피디와 협의하고 수정해 1차적으로 편집이 되면 러닝타임에 맞춰 잘라내요. 이때 내레이션과 자막으로 어떤 내용을 전달할지도 고민합니다. 이 과정이 끝나면 피디가 더빙, 효과, 음악을 의뢰하는데요. 그동안 작가들은 내레이션 더빙 대본을 쓰고 자막 작업을 합니다. 자세한 건 부록을 참고해주세요.

Q 36. 지금까지 몇 개의 대본을 썼나요?

월요일부터 금요일까지 매일 생방송 대본을 포함해 현재까지 방송만 2,070개 대본을 썼어요. 홍보영상, 사내방송, 유튜브 등까지 세면 더 많습니다. 이 책이 나오는 시점엔 더 늘어나있겠죠.

Q 37. 쉴 땐 주로 뭘 하나요?

전 뭔가 특별히 잘하는 건 없지만 이것저것 관심이 많아 얄팍하게 두루두루 접해보는 편이에요. 취미 부자라 할까요? MBTI도 확신의 E이기에 여가 시간에 온전히 쉬기보단 뭔가 분주히 움직입니다. '작가는 이런저런 경험이 많아야지!'를 핑계 삼아 핫플레이스, 맛집 투어를 자주 하는 편이고요. 도자기나 터프팅 작품, 향수, 꽃꽂이 등 하루 만에 뭔가 뿌듯한 완성품을 받아볼 수 있는 원데이 클래스도 즐깁니다. 운동은 전혀 관심사가 아니었지만 MLB 선수들의 내한 경기, 월드컵 예선전 등을 보면서 스포츠 경기 직관에도 재미를 붙였어요.

우리는 일만 해서는 안 돼요. 곰돌이 푸의 마지막 장에 이런 말이 나옵니다. "그들이 어디를 가든 무슨 일이 일어나든 숲속 깊은 곳의 그 마법의 장소에서 어린 소년과 곰

돌이 푸는 함께 놀고 있을 거예요." 뽀롱뽀롱 뽀로로 노래
도 이렇게 시작하잖아요? "노는 게 제일 좋아." 인생의 즐
거움, 잘 노는 것은 정말 중요합니다. 녹록지 않은 하루하
루겠지만 그 안에서 찰나라도 휴식을 취하며 에너지를 충
전하는 게 필요해요.

Q 38. 징크스가 있나요?

일을 일찌감치 해놓으면 뭔가 변동이 생겨 또 하는 거예
요. 미리 해놓기 싫은 핑계로 들릴 수도 있겠지만 실제 그
런 경험들이 쌓여 징크스가 됐어요. 일을 한 번 더 하는 이
유는 여러 가지가 있는데. 대부분 뭔가 변동이 생겨서죠.
예를 들면 출연자가 알고 보니 방송 부적격자라 다른 사람
을 찾아야 한다든지, 강연 프로그램의 연사가 바뀐다든지,
촬영 나가기 전 취합한 정보와 실제 상황이 너무 다르다든
지... 이 모든 게 실제 있었던 상황입니다.

앞서 말씀드린 대로 저희 페이는 방송 1회당 책정되기
에 1회를 만들기 위해 구성안을 한 번 쓰든 열 번 쓰든 똑
같아요. 업무가 추가된다고 추가 수당이 나오지 않습니다.
적게 일하고 많이 버는 게 모두의 꿈인데 그와 반대로 가
는 경우는 정말 괴롭죠. 스튜디오와 VCR 모두를 보여주
는 종합구성물의 경우 VCR 내용이 먼저 나와야 스튜디오

대본을 쓰기 편해요. 얼마 전에도 모처럼 섭외가 잘 돼서 녹화일 전에 여유롭게 VCR을 마무리할 수 있겠다 생각하고 촬영 준비를 마쳤는데, 당일 오전에 비보가 날아왔습니다. 출연자가 전날 너무 울어서 얼굴이 엉망이라며 촬영을 미루자는 거예요. 아니… 왜? 제가 울고 싶은 심정이었습니다. 그래 어쩌지. 어찌 이리 순탄하게 미리미리 진행되나 했어요. 그래도 이 정도면 날짜만 미루면 되니까! 생각하고 다시 일정을 조율했습니다. 워낙 바쁜 출연자라 이후 맞는 시간이 일주일 후밖에 없었는데요. 그때는 하필이면 촬영지 중 한 곳인 클라이밍 센터의 공사일과 겹쳤습니다. 다른 곳 섭외가 필요해졌죠. 그럼 섭외 다시 해야지, 되는 장소에 맞게 구성안도 고쳐야지, 여간 번거로운 게 아닙니다. 예비 출연자분들, 부디 촬영 앞두고 울지 마세요. 아니 늘 눈물은 감동받았을 때, 하품할 때만 흘리도록 해요.

Q39. 직업병은 없나요?

모든 직업은 병을 가져오는 것 같아요. 그러니 직업병이란 단어도 있는 거겠죠? 방송작가 역시 마찬가지입니다. 일단 신체적으로는 컴퓨터 앞에 오래 앉아있는 만큼 어깨가 굽고 목은 앞으로, 그만큼 허리도 구부정해지는 자세 불균형을 웬만해선 피해 가기 힘듭니다. 마사지를 받으면 테라피스트분들이 공통적으로 목이 너무 많이 굳었다고 걱정해요. 조금이라도 신경 써서 틈틈이 자세를 고쳐 앉고 따로 시간 내서 운동, 스트레칭 등을 해줘야만 합니다. 좋은 의자에 투자하는 것도 필요해요. 사용 시간을 생각하면 비싼 게 아니라 생각합니다.

그리고 정신적으로는 프로그램 엎어지면 어떡하지? 시청률 안 나오면 어떡하지? 같은 '어떡하지 병'에 걸리기 쉽습니다. 마지막으로 피해 가기 불가능에 가까운 것으로 스트레스가 있습니다. 찰리 채플린이 말했죠. "인생은 멀리서 보면 희극, 가까이서 보면 비극이다." 방송작가에게 이는 아주 딱 맞는 비유입니다. 뭔가 화려해 보이지만 그렇지 않은 상황이 훨씬 많거든요. 저희끼리는 3D업종이라 부릅니다. 3D의 요건을 다 갖고 있으니까요.

먼저, Dangerous. 위험한 상황입니다. 고용 불안정. 문서로 된 계약서 대신 말로만 계약을 하는 경우가 아직도 많습니다. 때문에 임금 미지급이란 상황이 생길 때도 있어요.

다음은 Dirty, 더러운 상황입니다. 아이템이 결정되면 섭외 전쟁이 시작됩니다. 비슷한 프로그램이 워낙 많은 만큼 꼭 맞는 출연진은 여기저기서 섭외하려는 경우가 많아요. 이 사람이 딱이다! 싶은 경우엔 얼굴 한 번 직접 본 적 없지만 굽신굽신 저자세로 섭외를 해야 하는 경우도 있고, 스스로도 본인이 딱 맞음을 아는 경우엔 갑질을 하는 경우도 있어요. 팅기는 건 기본, 출연료를 더 달라는 요구까지. 하지만 그렇다고 바로 안 돼요! 하고 버리긴 아깝죠. 어느 정도 범위까지는 타협을 할 줄 아는 것도 작가가 하는 일입니다. 얼마 전에는 저희 막내 작가가 이미 섭외에 취재까지 다 마치고 촬영 날짜를 이틀 앞둔 날, 출연자가 다른 방송에 출연하겠다고 통보를 했어요. 원칙적으로 겹치기 출연은 불가하기에 이쪽저쪽 다 나갈 순 없는 상황입니다. 그런데 저희 프로그램에 먼저 출연하기로 했으면서 다른 채널에서 출연료를 조금 더 준다는 말에 맘을 바꾼 거죠. 먼저 한 약속이 있어 조금은 주저했더니 그쪽 작가가 전화해서는 저희 취재작가에게 나이가 어리니 더 열심히 다른 분 섭외를 하래요. 너무 어이가 없어서 제가 연락을 했는데 안 받더라고요. 막내작가를 통해 제게 전화하라고 했더니 연락도 안 왔습니다. 정말 어이없었죠. 텔레마케터 이상으로 전화기를 붙잡고 있고 혹시 방송에 문제가 생기면 해결해야 하는 만큼 마무리되기 전까지 긴장을 늦출 수 없습니다. 정말이지 끝날 때까지 끝난 게 아니죠.

마지막으로 Difficult, 어려운 상황입니다. 이렇게 갑자기 생기는 돌발 상황들 때문에 계획대로 흘러가지 않는 경우가 부지기수인데요. 다 된 섭외에 다 만들어놓은 구성안이었는데 또 다른 사람을 찾아야 하고 그 사람에 맞는 구성이 다시 필요하겠죠. 그럼 이제 일 끝났다 좀 쉬어볼까? 하고 짜놓은 계획도 틀어지게 됩니다. 때문에 온전한 내 시간을 갖기가 쉽지 않죠.

이 세 가지 덕분에 스트레스가 높습니다. 불안, 초조도 세트로 딸려오죠. 직군별 스트레스 수치에서 부동의 최상 위권을 기록하는 방송작가, 꼭 스트레스를 해소할 수 있는 방법을 만들어둬야 해요.

Q40. 방송작가를 할 수 있게 도와주는 사람은?

저는 한 번 같이 일한 방송사, 제작사와 꾸준히 하는 편입니다. 방송의 특성상 천년만년 쭈욱 하긴 어렵다 보니 프로그램 종료와 함께 제 일도 종료되는데요. 직원으로 근무하는 피디님들은 프로그램이 끝나더라도 퇴사하지 않습니다. 주로 또 다른 프로그램을 기획하죠. 그리곤 뭔가 새로운 프로그램에 윤곽을 잡을 때면 함께할 작가를 찾는데요. 저를 불러줄 때가 많습니다. 그분들이 있어 제가 일이 끊이지 않고 쭈욱 할 수 있는 거겠죠? 가끔은 피곤함에 묻혀 잊을 때도 있지만 참 감사한 마음입니다.

Q 41. 방송작가로서 오늘의 내가 있기까지 함께 해준 사람은?

식상한 답변이지만 가족이에요. 먼저 아빠. 저희 아빠는 법대 출신이라 그런지 책과 아주 가까이 지냅니다. 집에서는 물론 어딜 가나 책을 갖고 다녀서 제가 활자 중독이라 할 정도죠. 경제 상식을 두루 전하는 영상을 만들 때가 있었는데요. 인터넷에 떠도는 카더라 통신을 바탕으로 원고를 쓸 수는 없기에 신빙성 있는 전문 자료가 필요했습니다. 대표적으로 책이 있죠. 아빠는 주제가 나옴과 동시에 도서관에서 대출 가능한 만큼, 한도 꽉 채워 빌려왔어요. 저만의 든든한 자료조사원이랄까요?(심지어 무료. 오히려 가끔 용돈을 주시는!) 그 때 외에도 늘 지식, 정보가 필요한 일을 할 때면 신문 기사든 책이든 도움이 될 만한 것을 제시합니다. 옥편 기능도 있어요. 나름 어렸을 때 서예와 한문을 배우면서 어느 정도는 읽을 줄 알지만 그래도 한참 부족하거든요. 다행히 아빠가 한자를 잘 알아서 간혹 모르는 한자를 마주했을 때도 아주 빠르게 도움 됩니다. 어르신들 명함에 성함을 한자로 적어놓으시면 번호 저장하기 전에 아빠에게 SOS를 치죠.

그리고 엄마. 생각해보면 제가 이 일을 시작한 것도 엄마의 영향이 커요. 어린 시절 엄마는 제게 글을 잘 쓴다.

말을 잘 한다. 칭찬을 많이 해주셨습니다. 그래서인지 다른 과목은 아니라도 국어는 늘 성적이 잘 나왔어요. 덕분에 이런 에피소드도 있었습니다. 예나 지금이나 먹을 것 좋아하는 저. 학창 시절, 쉬는 시간에 친구들과 간식 사 먹는 게 낙이었습니다. 쉬는 시간이면 쪼르르 달려 나가 빵, 오징어 등을 먹었는데 하루는 그러다 수업시간에 지각을 했어요. 그 시절은 학교에서 체벌이 자연스러웠던 터라 엎드려뻗쳐(모르는 분들을 위한 부연설명을 드리자면 요가의 도그 동작과 비슷합니다)와 함께 엉덩이에 몽둥이 타격이 따라왔는데요. 엎드려뻗쳐 중 국어 90점 넘는 사람은 자리로 들어가도 된다고 하셔서 전 쓰윽 일어나 들어가기도 했습니다. (지금 생각하면 점수로 갈라치기, 현명한 처사는 아니라고 생각해요) 백일장 등 글짓기 대회에 나가면 소소하게 상을 타오기도 했는데 대상은 아니었지만 엄마의 칭찬은 늘 대상 급이었습니다. 덕분에 글을 쓰는 것에 큰 부담을 갖진 않았던 것 같아요. 그리고 그 마음이 지금까지 이어진 것 같습니다. (하지만 이 책을 쓰면서는 글쓰기의 어려움을 느끼고 있어요)

저를 향한 지극정성도 최상급. 친한 사람들은 다 알죠. 양녀로 들어오고 싶다는 친구들도 있을 정도예요. 학창 시절 떡볶이와 김말이를 좋아하는 제게 바깥 음식 몸에 안 좋으니 직접 김말이를 만들어 깨끗한 기름에 손수 튀겨주신 정도입니다. 이때 집에 놀러 온 친구가 그렇게 모든 걸

집에서 만든 떡볶이와 튀김은 처음이었다며 감동했어요. 문제는 이후 수십 년이 지난 지금도 그렇게 다 큰 딸을 육아 중이십니다. 제가 컴퓨터 앞에서 일할 때 간식은 물론 끼니 거를까 집어먹기 편한 걸로 제 옆에 착착 대령해 주시고 잠을 잘 자지 못한 딸 이동의 피로함이라도 덜어주려 운전기사를 자처합니다. 과연 내가 우리 엄마, 아빠처럼 내 아이에게 해줄 수 있을까? 생각하면 자신이 없어요.

저희 가족은 남동생까지 4인 가족인데요. 남동생도 고마운 존재입니다. MP3란 기기. 요즘 친구들은 옛날을 배경으로 한 영화 속에서나 봤을 테죠. 1세대 아이돌 세대인 전 한창 그걸로 노래를 많이 들었는데요. 노래 파일을 다운 받는 것도 동생에게 다 부탁했을 정도로 심한 컴맹이었습니다. 동생은 집에서 쓰는 데스크톱부터 갖고 다니는 노트북, 때로는 스마트폰까지 기계 관련 잡다한 해결을 해줬어요. 동생은 안드로이드 유저이고 저는 아이폰 유저인데도 어찌어찌 해결해줬습니다. 또 검색 능력도 저보다 좋아요. 잘 풀리지 않는 주제에 대해 물어봤을 때 어떻게 이런 걸 찾았지? 싶은 정보를 찾아줄 때도 있었죠. 과거형인 건 얼마 전 결혼을 해서 이제 떠나갔어요. (동생의 아내, 올케도 방송작가입니다) 이 자리를 빌려 그동안의 고마움을 전합니다.

Q42. 방송작가의 장점과 단점은 뭔가요?

사람이 사람을 좋아하는 이유와 싫어하는 이유가 같다고 하잖아요?(경험자들의 말에 따르면 결혼과 이혼의 이유도...) 방송작가의 장점과 단점도 맞닿아 있습니다. 다양한 사람을 만나는 것이 장점이자 단점인데요.

일단 장점으로 작용될 때를 먼저 말씀드리겠습니다. 개인적으론 만남은커녕 길 가다 스치기조차 힘든 인물들과 만나고 대화할 수 있습니다. 연예인부터 정치인, 사업가, 예술가, 체육인 등 아주 다양하죠. 평소 좋은 감정을 갖고 있었다면 전화번호를 입수한 순간부터 가슴이 뜁니다. 그렇게 통화를 시작으로(매니저나 사무관 등 연락을 대신 조율하는 사람이 있다면 직접 통화는 어렵지만요) 촬영 혹은 녹화를 함께할 수 있고, 그 과정에서 대화도 나누고, 조금 용기를 낸다면 같이 사진도 남길 수 있어요. 그리고 운이 좋으면 친분을 쌓을 수도 있습니다.

하지만 이렇게 많은 사람을 만난다는 건 단점으로 작용되기도 합니다. 전부 좋은 분들만 있진 않거든요. 몇 가지 예를 들어보겠습니다. 구성안을 쓰기 전 출연자와 사전 인터뷰 시간을 갖는데요. 어떤 경우는 직접 만나서, 어떤 경우는 전화통화로 진행합니다. 한 유명 기업의 회장님은 대면 인터뷰를 원하셨는데요. 마침 그리 먼 곳도 아니라 혼

쾌히 그쪽 회사로 향했습니다. 시간을 잘 맞춰갔는데 회장님은 저희와의 약속 시간이 지나도록 분주히 다른 일을 보시지 뭐예요? 기분이 나빴지만 애써 웃는 얼굴 가면을 쓰고 기다렸습니다. 그 후 인터뷰를 하는데 물론 제가 한참 어리지만 그래도 보자마자 반말로 말씀하시니 기분이 썩 좋진 않더라고요. 모두를 하대하는 게 습관인 것 같았습니다. 다른 사람들을 대하는 모습을 보니 그렇더라고요. 언어 외에 모든 비언어적 행동에서도 비호감이었습니다. 하지만 방송에선 객관성을 유지해야 하기에 그분의 업무적 성공에 대해 친절히 설명해야 했죠.

여러 명이 한 번에 힘들게 할 때도 있었습니다. 영어 말하기대회를 할 때였는데요. 경기도교육청장 상장이 걸린 만큼 경쟁이 치열했습니다. 이런 대회를 할 땐 참가자들만 오는 게 아니죠. 응원 차 참가자들의 부모님, 많게는 조부모님, 동생, 언니, 오빠, 친구까지. 일단 챙길 사람이 많은 것만으로도 피곤한데 간혹 왜 우리 애가 쟤보다 더 잘했는데 쟤가 상을 받냐며 따지는 분들도 있었습니다. 공정성에 대한 불만을 차단하기 위해 저희는 학교 선생님과 원어민 선생님께 공정한 채점표를 받았는데요. 너무 막무가내로 굴어 그걸 보여드렸음에도 물러나지 않더라고요. 마침 지나가던 원어민 선생님께서 무슨 일이냐며 그분께 여쭤보니 한 마디를 제대로 못 하시더라고요. 과연 본인 아이가 다른 아이보다 더 잘했다는 근거는 어디서 나온 걸까요? 상황이 해결되고는 재밌던 해프닝으로 기억하지만 그 과정에선 스트레스 꽤나 받았습니다.

또 하나, "죄송합니다."라는 말을 참 자주 합니다. 얼마 전에는 촬영 당일에 얼굴에 알레르기가 올라와서 촬영을 못 하겠다는 분이 있었습니다. PD가 늦잠을 자서 촬영 시간에 늦거나, 교통사고가 난 적도 있었어요. 부랴부랴 다른 날로 촬영을 옮기면서 여기저기 양해를 구하는 과정에서 "죄송합니다."가 수도 없이 나와요. 사실 내 잘못은 아닌데 대리 사과를 참 많이도 하게 됩니다.

방송은 기본적으로 여러 사람이 함께 만드는 만큼 출연자와 피디님, 촬영 감독님 상황, 후반 작업 감독님 스케줄 등 제작 관련자 모두의 사이에 끼어 조율하는 것도 꽤 피로도가 높습니다.

언제 어디서나 일할 수 있는 것 역시 장점이자 단점인데요. 9 to 6, 러시아워에 출근을 하지 않아도 됨은 분명한 장점입니다. 간혹 그 시간에 움직여야 할 때도 생기는데 정말 힘들더라고요. 자차는 페달 밟는 발목이 아파올 정도로 너무 막히고, 지하철은 서로서로 강제 스킨십 상태로 꽉꽉 눌려 가고, 광역버스는 입석 불가라 실컷 기다리고도 버스를 몇 대 보내야 했습니다. 이것이 매일 반복되는 게 아닌 것은 큰 장점이죠. 하지만 출퇴근 시간이 정해져 있지 않다는 것은 24시간 언제든 근무를 해야 하는 상황이라는 말이기도 합니다. '다 털었다!' 홀가분한 마음은 방송 송출날이 돼야 가질 수 있어요. 이런저런 조율 끝에 촬영이 시작됐다고 끝이 아닙니다. 중간중간 돌발 상황에 대처가 필요하거나, 추가 촬영을 잡아야 할 수도 있죠. 어찌어찌 촬영을 무사히 마치고 편집을 다 하고 나서도 안심할 수 없어요. 윗선에서 수정을 요구할 때도 있습니다. 그 과정을 거쳐 더빙, 자막까지 의뢰했다고 끝일까요? 자막은 이게 맞느냐, 컴퓨터 그래픽 의뢰한 것 참고할만한 예시를 달라, 이 실험은 논문 어느 부분에 나오는 거냐 등 질문이 무궁무진합니다. 그럼 세세히 챙겨줘야 하죠. 정말이지 끝날 때까지 끝난 게 아닙니다. 국어국문학과를 졸업해 영어 논문과는 친분이 전혀 없었는데 의학 프로그램을 맡으면서 의학 논문을 참 많이도 봤네요. 적다 보니 장점에 비해 단점의 분량이 훨씬 많은데요. 실제로는 장점을 느낄 때가 더 많습니다. (마무리는 훈훈하게 해볼게요)

2장

방송작가, 뭘 잘해야 해?

Q43. 좋은 아이템을 찾는 비법은 뭔가요?

작가는 아이템발, 피디는 편집발이란 말이 있습니다. 그렇다면 어떤 아이템이 좋은 아이템일까요? 일단 신선해야 합니다. 아무리 괜찮은 아이템이라도 이미 여기저기 노출됐다면 신선한 게 아니죠. 만약 방송에 나왔다면 6개월은 텀을 두고 촬영하는 게 암묵적인 룰입니다. 그리고 하늘 아래 새로운 아이템은 없어요. 같은 아이템을 다르게 보여주는 능력도 필요합니다. 요리에 비유하자면 아이템은 재료, 방송은 요리, 구성은 조리법이라 할 수 있죠. 좋은 재료, 좋은 아이템의 또 하나의 조건은 시의성입니다. 당시 상황이

나 사정과 들어맞아야 하죠. 제철 음식, 그 시기에 피는 꽃, 최근 인기 있는 드라마와의 관련성 등을 들 수 있겠어요.

정보성도 있어야 합니다. 재테크, 건강, 살림법 등 시청자들이 궁금해하고 필요한 정보를 제공하면 흥미를 끌 수 있으니까요. 흥미성도 빠지면 아쉽죠. 기쁨, 재미, 감동, 위로, 슬픔, 분노를 전할 수 있냐 따져봐야 할 겁니다. 무플보단 악플이 낫다는 말 들어보셨죠? 긍정적이든 부정적이든 감정이 움직이는 것이 관심이고 대중이 관심을 가지는 것이 좋은 아이템입니다. 실패 없는 아이템으로는 예쁜 여자, 귀여운 아기, 동물을 들어요. 본능적으로 끌리고 자꾸 보고 싶으니까요.

그래서 이 모든 걸 충족하는 아이템은 어떻게 찾냐고요? 안타깝게도 아주 빠르고 쉬운 길은 저 역시 모르겠습니다. 다만 TV를 비롯한 신문, 잡지, 영상, SNS 등 다양한 매체를 꾸준히 보며 상식을 쌓고 트렌드를 익히는 게 좋아요. 가능하면 이것저것 새로운 것을 직접 경험해보는 것도 좋습니다. 아는 만큼 보인다는 말은 아이템을 찾을 때 아주 적절하거든요. 좋은 아이템을 판단할 수 있는 눈을 키워주죠. 대인관계능력을 높이는 것도 필요합니다. 이는 원하는 아이템을 촬영할 수 있게 끌어오는 힘이 되거든요. 지인과의 대화 중 좋은 아이템이 번뜩이거나 어떤 아이템이 필요한데 접점이 없을 때 지인이 힘이 되어줄 때가 많습니다.

Q44. 촬영 장소는 어떻게 정하나요?

모든 촬영에는 장소가 필요합니다. 방송 후에 흐르는 스태프 스크롤에서 촬영 협조, 장소 제공 등의 문구를 본 적이 있을 텐데요. 그 뒤에 붙는 장소가 촬영 장소가 되겠습니다. 대부분 작가들이 가봤던 곳 중 적합하다고 생각하는 곳이나 검색을 통해 괜찮다고 생각되는 곳에 연락해 의사를 물어보고 긍정적이라면 촬영에 필요한 좀 더 자세한 정보를 듣고 판단합니다. 미리 답사를 가보기도 하죠. 장소에 따라 비용이 드는 곳도 있는데 그런 경우엔 적정선으로 네고 하는 것도 필요합니다. 반대로 홍보가 필요한 장소에선 제작비를 지급하면서 촬영을 진행하기도 합니다.

장소 이야기를 하다 보니 떠오르는 에피소드가 있는데요. IPTV가 처음 생겼을 때 지역별 맛집 소개 프로그램 섭외를 맡았는데요. 이태원 편에서 장소 섭외가 막혔습니다. 당시 이색 요리 전문점 사장님은 대부분 외국인이었는데요. 특히 파키스탄에서 온 사장님과 짧은 영어 실력으로 꾸역꾸역 통화를 하다 결국 소통의 벽을 느끼고 직접 찾아갔습니다. 보디랭귀지가 더해지니 섭외가 한결 쉬워지더라고요. 그리곤 이왕 간 이태원이니 다른 식당들도 섭외해보자는 마음으로 촬영하면 좋겠다 찍어뒀던 식당에 벌컥벌컥 문을 열고 들어갔습니다. 말 그대로 발로 뛴 섭외였죠. 지금 생각하면 참 낯 두꺼웠던 것 같아요.

Q 45. 출연자 섭외는 어떻게 하나요?

연예인 섭외의 경우 해당 소속사, 담당자에게 연락해서 스케줄과 출연료를 맞춰 진행합니다. 이 작업은 오히려 모두가 방송이 직업이기에 수월하다 볼 수 있습니다. 컨택 포인트를 찾는 게 일인데요. 친하게 지내는 작가들에게 묻는 건 한계가 있죠. 하지만 작가들만 3,000명이 모여 있는

단톡방에 들어가 있다면 한 줄기 빛이 되어줍니다. 카톡 단체방 최대 인원이 3,000명 이라 그만큼만 모여 있는 건데요. 이런 창이 여러 개 있습니다. 제 경우는 두 군데에 들어가 있어요. 친구가 본인이 나가면서 절 넣어줬어요. (고마워♡) 최근 친한 작가 언니가 실수로 그 방을 나가게 됐는데 냉큼 누군가 새로 들어오는 바람에 다시 못 들어오고 있습니다.

누구 나가는 분 없나 호시탐탐 기회를 보고 있어요. 지금도 혹시 하고 봤는데 3,000명 꽉 차 있네요.

얼마나 소중한 창이냐면 "누구 연락처 아시는 분?" 하고 도움을 요청하면 거의 바로 대답해주세요. (동료애 엄청나죠?!) 얼마 전 헬스장에서 런닝머신 위를 걷던 중 프리랜서 PD이자 대학교 선배님이 누군가의 연락처를 물어봤는데요. 작가 단톡방을 통해 금세 알려드릴 수 있었습니다. 그렇게 섭외해서 일도 잘 마무리했대요. 통상적으로 일반인 섭외나 특정 분야 전문가 섭외가 더 어려운데요. 그 사람이 소속된 기관에 연락해 상황을 설명하고 연락을 꾀하든 그분의 SNS로 대화를 요청하든, 작가 단톡방을 두드려보든, 여러 방법을 시도해야 하죠.

Q 46. 아이디어는 주로 어디서 얻나요?

번뜩이는 아이디어는 어느 날 그냥 뿅! 하고 나오는 게 아닙니다. 세계적으로 성공한 소설가 무라카미 하루키의 글 쓰는 습관에서 이를 잘 알 수 있죠. 어린 시절부터 그는 워낙 책을 좋아해 부모님이 서점에 미리 돈을 달아놓고 마음껏 책을 읽을 수 있게 해줄 정도였다는데요. 그렇게 많은 독서를 바탕에 두고 매일 같은 시간에 무조건 자리에 앉아 글을 쓴다고 합니다. 잠깐 아이디어가 번뜩일 때만 끄적이는 게 아닌 거죠.

방송 대본은 소설과는 다르게 사실에 근거해 씁니다. 때문에 오롯이 상상 속에서 아이디어를 끄집어내기보다는 주제와 관련한 각종 자료들을 들여다보는 과정에서 이런 이야기를 하면 좋겠다. 생각이 드는 경우가 많아요. 비슷한 방송을 보다가 아이디어가 떠오르기도 합니다. 어느 방향의 아이디어든 공통점은 그 일에 대한 시간을 들인 만큼 많이 나오는 것 같아요. 아이디어 역시 공부처럼 누가 엉덩이 힘이 더 좋은지, 엉덩이 싸움이라 할 수 있겠습니다.

Q 47. 창작의 고통은 어떻게 극복하나요?

사실 제 경우는 거창하게 창작이라는 단어까지 쓸 정도로 세계관을 짜는 등 무에서 유를 만들어낼 일은 없었어요. 하지만 정해진 시간을 어떤 내용으로 채울지, 어떤 말을 들려주고, 어떤 자막을 보여줄지 정도의 소소한 창작 작업은 늘 하고 있습니다. 그 작업은 고통을 동반하는데요. 그럴 땐 주로 달다구리의 도움을 받습니다. 저는 특히 식감이 바삭바삭한 뭔가를 씹으면 스트레스도 줄어들고 두뇌 회전도 좀 더 잘 되는 것 같더라고요. 그걸 핑계로 과자를 많이 먹다 보니 작업할 때마다 과자를 끼고 있다고 '하과자'라는 별명을 얻기도 했습니다. 특히 신상 과자를 아주 좋아해요. 실제로 두뇌 활동에 탄수화물이 필요하다고 하죠? 그렇게 합리화하며 간식으로 고통을 상쇄하다 보면 다행히 키보드 위 제 손은 뭔가를 적어내고, 그렇게 고통의 시간이 지나갑니다.

방송 일과 다른 직업의 가장 큰 차이로는 촌각을 다툰다는 점을 들 수 있어요. 방송날짜와 시간이 정해져 있기에 중간에 피치 못할 사정이 발생했다고 해도 미룰 수 없죠. 무조건 마무리하고 그 시간 동안 송출해야 합니다. 또한 누군가 한 사람만의 일이 아니라 작가를 포함한 제작진, 출연자 등이 줄줄이 엮여 있는 협업인 만큼, 작가가 내레이션 대본을 완성해야 그 대본으로 성우가 더빙을 하고 이후에 오디오 작업, 화면 효과 등을 진행할 수 있어요. 그래서 빠르게 내 할 도리를 하고 다음 타자에게 바통을 넘겨줘야 하죠. 누군가의 일이 틀어지면 나머지 순서들이 연달아 타격을 받게 됩니다. 덕분에 방송작가에게는 영감이 떠오르기를 기다릴 시간도, 문장을 다듬느라 고뇌할 여유도 없을 때가 많습니다. 하지만 주어진 시간 동안 치열하게 고민하고 창작하죠. 그리곤 다음 사람을 믿고, 지금까지의 최선을 내밉니다. 그것이 마감의 규칙임과 동시에 고통에서 벗어나는 방법인 거죠. 그리고 통장에 급여가 들어왔을 때, 그간의 고통이 씻기는 건 모든 노동자의 공통점일 겁니다.

Q 48. 체력이 중요한가요?

네. 아주 중요합니다. 저는 원래 일이 없는 시절이 인생에 딱 2주였음이 나름의 프라이드였어요. 그런데 한 번 건강이 와르르 무너지면서 원치 않는 휴식기를 가져야 했습니다. 꼭 기억하세요. 체력과 건강. 평생 가장 중요한 항목이에요. 이걸 지켜야 하는 건 어느 직군이나 마찬가지일 텐데요. 목이 쉬어라 섭외하고, 밤잠 줄여가며 대본을 써야 하는 방송작가는 더더욱, 탄탄한 체력이 바탕에 깔려있어야 탈이 나지 않습니다.

영양소를 고루 섭취하고 적당한 운동을 하는 게 가장 기본이면서도 중요한, 각자가 할 수 있는 건강 관리법이겠죠? 저는 끼니를 거르지 않고 매 끼니 최대한 영양 있는 식사와 함께 콜라겐, 비타민 등을 챙겨 먹고 있습니다. 수영, 필라테스, 요가, 스쿼시, 골프 등 운동도 잠시 했었는데 지금은 헬스에 정착해 나름대로 꾸준히 하고 있고요. (PT가 없는 날은 헬스장을 잘 안 가는 게 문제이긴 합니다) 어느 노년외과 전문의에 따르면 근육 1kg은 1,300만 원의 가치가 있다는 만큼 근력운동, 일명 쇠질이 썩 편안하진 않아도 즐겁게 하고 있습니다.

3장

방송작가, 힘들지 않아?

Q49. 잊고 싶은 흑역사, 실수담이 있나요?

자신 있게 "아뇨." 대답하고 싶지만 그러지 못하네요. 아마 방송이었다면 방송사고 혹은 모든 관계자에게 민폐를 끼치며 촬영 스케줄을 다시 잡아야 했을 사고를 친 적이 있어요. 유튜브 영상 작업 중 있었던 일입니다. 유명 개그맨 다수와 함께 하는 작업이 있었어요. 대부분 교양 프로그램을 맡다가 모처럼 맡은 예능이라 좀 들떴습니다. 하지만 마음이 그렇게 붕 떠 있으면 실수를 하는 법이죠. 섭외는 잘 됐고 각 매니저에게 녹화 일정 연락을 돌렸는데 한 분이 누락이 되어 촬영장에 오지 못했어요. 당시 그 매니저분이 바뀌면서 전달되지 않아 일어난 일이었습니다. 제가 좀 더 꼼꼼하게 확인했다면 미리 알았을 테죠. 다행인지 불행인지 촬영을 다시 잡진 않고 그 한 분을 빼고 진행했습니다. 지금 생각해도 결과물이 너무 아쉬워요. 당시 그 개그맨분, 빈자리를 채우기 위해 노력해주신 출연진분들, 그리고 많이 당황하고 화도 났을텐데 이해해주시고 녹화를 이어가주신 제작진분들께 죄송하고 감사합니다. 출연자 케어는 기본인 만큼 저와 같은 실수를 하는 후배님들은 없길 바라요.

Q50. 시청자나 출연자에게 컴플레인을 받은 적 있나요?

출연자에게 컴플레인은 수도 없이 받았어요. 일반인 출연자들은 촬영이 생각보다 오래 걸려서 힘들었다거나 주변인을 자꾸 데려와서 이야기를 더 보여주자는 요청에 난색을 표하는 경우는 부지기수입니다. 출연료를 더 요구하기도 하고요. 가끔은 추가 촬영 요청도 하게 되는데 그땐 컴플레인이 없는 게 오히려 이상하죠.

연예인 출연자들 역시 마찬가지입니다. 대부분 본인이 아닌 매니저를 통해 이야기해 한 번 필터링이 된 컴플레인이지만 불만이라는 건 참 정확히 전달되기 마련이죠. 인도네시아 수출용 예능을 만들던 중의 일입니다. 그 나라는 노출에 민감해요. 특히 배를 드러내면 안 됩니다. 하지만 아이돌의 기본 착장은 크롭티잖아요? 그래서 매니저분께 미리 배가 나오면 안 돼서 크롭티는 안 된다고 언질을 드렸습니다. 그런데 촬영장에 나타난 멤버 중 한 명이 크롭티인 듯 아닌 듯한 착장으로 왔어요. 가만히 서 있으면 괜찮지만 조금이라도 움직이면 배가 슬쩍슬쩍 보였죠. 예능 프로그램인 만큼 게임도 진행하는 건데 문제가 될 게 뻔했습니다. 저희 막내작가가 매니저분에게 크롭티는 입지 말아달라 보낸 메시지와 답변을 보여준 덕에 당당히 혹시 의상팀에 전달이 안 됐나 여쭤봤는데 매니저분도 난감해하더라고요. 전달했는데 저걸 입었다고요. 의상팀을 겨우 설득해서 갈아입었는데 그 과정에서 매니저와 코디분에게 짜증을 잔뜩 내는 걸 목격했어요. 이게 무슨 크롭티냐 이 정도는 괜찮지 않냐 저희를 향한 컴플레인이었겠죠. 못 들은 척 쓰윽 지나갔습니다.

시청자의 컴플레인은 더 스케일이 컸습니다. 큰 비중 없이 잠시 인터뷰한 남녀가 있었는데 두 분이 불륜 관계였나 봐요. 한 시청자가 연락이 와서는 부적절한 관계인 사람들을 그렇게 방송에 내보내면 안되니 그 부분을 삭제하라며 떼를 썼습니다. 방송에 부적합한 사람이 출연했다며 방송사로 장문의 투서를 보낸 경우도 있었죠. 알고 보니 두 분과 친하게 지내다 멀어진 사람인데 잘사는 것 같으니 질투가 나서 보냈더라고요.

Q 51. 슬럼프는 어떻게 극복하나요?

슬럼프(slump)는 직장인도, 학생도, 어느 분야에서든 한 번쯤은 겪는 것 같습니다. 우리말로 표현한다면 침체, 부진 정도의 단어겠죠? 그런데 이상하게도 제게는 이렇다 할 슬럼프가 없었어요. 늘 스스로에게 큰 기대를 갖고 있지 않았기에 실망감도 크지 않았기 때문인 것 같아요. 저는 '내가 더 위에 올라서야 해!' 생각하는 경쟁심도 적거든요. 학창 시절 시험 등수가 잘 안 나왔을 때 엄마가 다른 애들이 너보다 시험 잘 보면 기분이 안 나쁘냐고 물었을 때 그게 왜 기분 나쁠 일이냐고 대답할 정도였습니다. 엄마는 무척이나 어이 없어하셨죠. 고액 과외를 비롯, 온갖 사교육에 데려다주고 데리러 오기까지 열심이셨으니 그런 대답이 참 아쉬우셨을 겁니다. 어쨌든 이런 성격이라 그저 소소하게 일 끊이지 않고, 여러 개 같이 하는 덕에 벌이도 나쁘지 않으니 나름대로 만족하며 지냈습니다.

밤을 꼬박 새울 때도 많았지만 펑크 없이 진행함이 뿌듯하기도 했고, 피곤한 건 뭐 다음날 잠을 좀 더 자거나 그럴 상황이 안 되면 고용량 영양제의 도움을 받으면 된다 생각했죠. 그러던 어느 날 몸에 이상 신호가 왔고 많이 지쳐있었음을 알게 됐어요. 몸은 아는데 머리로는 인지하지 못한 채 몸이 망가지고 있었던 거죠. 그렇게 병원 신세를 지면서 타자

한 글자도 치지 않고 알람 없이, 말 그대로 밥 먹고 배변만 하는 생활을 3개월 좀 안 되게 보냈습니다. 드라마틱한 슬럼프가 있었다면 몸이 지쳐가는 걸 알았을 텐데 그걸 인지하지 못했던 것이 속상했어요. 여러분이 만약 지금이 슬럼프라 생각한다면 오히려 좋은 징조라 생각합니다. 여유를 갖고 스스로를 돌아보고 휴식을 취하라는 사인이니 그 시간을 감사히 생각해보세요. 계곡이 깊을수록 봉우리가 높고 봉우리가 높을수록 계곡도 깊다고 하잖아요. 지금 깊은 계곡에 빠져있다면 높이 솟은 봉우리가 기다리고 있을 겁니다.

Q 52. Best, Worst 출연자는?

작가에게 Best 출연자는 소위 개떡같이 말해도 찰떡같이 알아듣고 표현해주는 분, 사정상 긴박하게 대본을 줘도 기가 막히게 소화해내는 분들이겠죠. 저의 경우 아나운서 한 분과 아역배우 한 분을 꼽습니다. 서로는 일면식 없는 사이지만 공통점이 있어요. 즉석에서의 요청도 막힘없이 척척, 심지어 새로운 아이디어도 슬며시 내준다는 거죠. 아나운서 선배님의 경우 이래서 오랜 시간, 다양한 곳에서 부르는구나, 이것이 바로 대체불가능이구나 하며 고개를 끄덕였고 아역배우의 경우 이 친구는 나중에 분명 크게 될 테니 미리 사인 받아놓을까 생각했습니다. 늘 촬영장에 함께 오시는 어머니도 제작진 모두가 늘 박수치는 분이었어요. 역시 그 어머니에 그 딸이구나 하면서요. 척하면 척! 센스와 벌써 착착 뭔가 하고 계시는 행동력이 엄청났습니다.

이제 Worst 이야기를 해야죠? 애매하게 몇 번의 방송 경험이 있는 출연자가 오히려 더 어렵습니다. "대충 연출하면 되죠?" "지난번엔 너무 오래 촬영하고 힘들더라고요. 이번엔 좀 빨리 끝내주세요." "그냥 할 말을 알려주세요. 그대로 할게요." 이런 경우도 꽤 있거든요. 이 정도는 양반입니다. 앞서 이야기했던 방송계의 암묵적인 룰, 기억하시나요? 타 방송사에 출연한 경우 그분은 6개월 이상 내보내지 않아요. 그런데 모든 방송을 모니터하고 있을 순 없는 만큼 출연자의 말을 믿을 수밖에 없습니다. 그래서 촬영 전 꼭 물어봅니다. 혹시 다른 방송에 출연한 적 있는지, 있다면 언제인지를요. 기억도 안 날 만큼 오래 전에 촬영했다는 말에 안심하고 촬영을 진행했는데 다 하고 나서 알게 됐어요. 그분이 바로 1개월 전 타 방송에 출연한 것을요. 들통 난 후에도 난 기억이 안 났다 모르쇠를 시전하며 출연료를 내놓으라 닦달하던 그분을 Worst로 꼽습니다. 사실 오히려 저희에게 손해배상을 하라 따지고 싶었어요. 본인의 거짓말로 저희는 다시 사례자를 섭외하고 스케줄 조율하고, 내용을 새로 짜고 촬영을 하루 더 나가야했으니까요. 그분의 행동으로 저희 팀의 일이 얼마나 더 늘어났는지 구구절절 알려드렸더니 양심에

찔렸는지 어이없는 출연료 요구가 쏙 들어가더라고요.

Q53. 스트레스 쌓일 땐 어떻게 푸나요?

단순하고도 간단하게 먹는 걸로 풉니다. 친절함은 당과 탄수화물에서 나온다고도 하잖아요. 그만큼 웃는 얼굴을 만드는 데 가장 빠르고 정확한 방법은 역시 바삭하거나 달콤한 뭔가를 입에 넣는 것 아닐까요? 덕분에 우리나라에서 출시, 혹은 수입하는 대부분의 과자는 제 입을 거쳐 갔다 할 수 있습니다. 그래도 풀리지 않으면 아예 생각을 하지 않도록 잠을 청해버리거나 친구들의 도움을 얻어요. 수다 클리닉이라 할 수 있죠. 한 정신과 의사의 말에 따르면 누군가를 무언가를 솔직하게 욕할 수 있다면 그 사람을 신뢰하는 거래요. 그런 믿을만한 존재에게 분출하는 것으로 스트레스 지수를 많이 완화할 수 있습니다. 지구상에 어떤 말이든 할 수 있는, 100% 신뢰할 수 있는 단 한 명은 꼭 필요하다고 생각해요.

Q54. 방송작가를 선택한 것 후회한 적 있나요?

Deadline. 데드라인. 보통 원고 마감 시간, 최종 기한이라는 뜻으로 쓰지만 다른 의미로는 죄수가 넘으면 총살당하는 선을 뜻하기도 합니다. 바로 그런 데드라인이 매 방송 때마다 있는 거죠. 아이템을 잡아야 할 데드라인, 섭외해야 할 데드라인, 구성안을 짤 데드라인, 내레이션을 써야 할 데드라인 등 수많은 데드라인, 마감의 압박에 밤을 지새다 보면 내가 왜 이러고 사나 싶기도 하죠.

Freelancer. 프리랜서. Free, 자유란 단어가 붙은 만큼 일하고 싶을 때 일하고, 쉬고 싶을 때 쉴 수 있다고 생각하지만 반대의 경우도 많습니다. 프리랜서란 출근하지 않아도 되는 몸이 되는 동시에, 퇴근할 수 없는 마음이 되는 것이란 말이 있던데 아주 적절한 표현이에요.

때는 2005년, 맡은 프로그램이 종영하면서 생긴 여유 시간에 뉴욕 여행을 가려 했어요. 당시 미국은 비자 없이는 발을 들일 수 없었고 미국 대사관에서 인터뷰까지 해가며 비자를 받았습니다. 그런데 그때 같이 일하던 피디님이 따로 제작사를 차렸어요. 신생 업체인 만큼 합이 맞는 사람들과 함께 싶다는 제안을 거절하긴 어려웠습니다. 이후 제가 미국 땅을 밟은 건 무비자 여행이 가능해졌을 때였죠.

이런 일도 있었습니다. 저는 일본은 여러 번 갔지만 전통 숙박시설인 료칸은 아직 못 가봤어요. 따스한 노천탕에 몸을 담궜다 나와 정갈하게 잘 차려진 일식을 먹는 것이 나름의 로망입니다. 그러다 드디어! 그 로망을 실현하려 계획을 짰습니다. 에어비앤비를 가입해 숙소를 예약했고 항공권도 예매했죠. 그런데 섭외했던 주인공이 갑자기 촬영을 못하겠다는 거예요. 다른 주인공이 필요했습니다. 이어 그 섭외전화를 국제전화로 걸고 있을 제가 상상됐고 그것보다는 여행을 포기하기로 했어요. 떠날 날짜가 임박했던 탓에 무려 60%나 수수료를 냈습니다. 급여가 화악 깎인 느낌이었죠. 여기까진 쉬고 싶은데 일한 예시였고요. 일을 계속 하고 싶은데 프로그램 종영 등의 이슈로 쉬게 되는 경우도 있습니다. 그럴 땐 내가 왜 이 일을 해서 이 고생인가 싶은 마음이 들기도 합니다.

Q 55. 급여가 안 들어오면 어떻게 하나요?

일을 다 하고 돈은 못 받는 상황도 종종 생기는데요. 다행히 대기업 법무팀에 있는 친구가 내용증명 작성을 도와줘 받아냈죠. 또 어떤 제작사는 재정이 어렵다는 이유로 해가 넘어가고서야 페이를 주기도 했습니다. 하지만 그 제작사 대표분, 명품백도 척척 사고 골프도 자주 치러 나갔어요. 그런 것 즐길 돈보다 본인이 줘야 하는 돈이 후순위라는 게 참 어이없었습니다. 사실 그 정도면 지연 이자도 받아야 하는 건데 원금이지만 늦게라도 받았으니 다행이긴 하죠.

한 번은 약속한 돈을 다 못 받기도 했습니다. 일부만 주더라고요. 아주 오래 지난 일인데 아직까지도 화가 나요. 꽤나 오랜 경력의 감독님이 차린 제작사였는데 돈이 없대요. 그리곤 폐업을 하더라고요. 당시 발주처는 대기업과 공기업이라 그쪽에선 이미 정산이 잘된 상태였습니다. 제가 각각의 담당자에게 확인했거든요.(미팅 때 명함을 챙겨두길 잘했죠!) 돈을 못 받았다고 하니 상당히 놀라더라고요. 그렇게 당시 담당자들과 제 측근들은 이 자(한참 선배지만 존경할 순 없죠!!)의 만행을 알지만 만천하에 공표하진 않았습니다. 사실 또 다른 피해자를 막기 위해서라도 이런 인물은 널리 알려야하는데 말입니다. 저는 사실적시 명예훼손죄(공연히 사실을 적시하여 사람의 명예를 훼손한 자는 2년 이하의 징역이나 금고 또는 500만 원 이하의 벌금에 처한다)에 혹시 해당할까 싶어서요. 전 이런 경우를 포함해 여러모로 사실적시 명예훼손죄는 불합리하다고 생각합니다. 허위사실은 절대 퍼트리면 안 되겠지만 순도 100% 엄연한 사실은 좀 알려도 되는 것 아닌가요? 누군가에게 피해를 줬다면 최소한 손가락질 당하는 손가락 처벌은 받아야죠. 이런 일이 없길 바라지만 혹시라도 생길 경우 참고할 수 있는 자료를 부록에 실어놓을게요.

4장

방송작가, 이렇다던데?

Q56. 연예인 자주 보나요?

저는 워낙 블링블링한 걸 좋아해서 손톱도 자주 꾸미는 편이에요. 네일샵에 종종 가는데 처음 만나는 네일리스트 분이면 취향을 모르니 단골 질문이 있습니다. "길이랑 모양 어떻게 할까요?" 그럼 전 "라운드로 최대한 짧게 해주세요. 손톱이 길면 오타가 많이 나서요." 다음 질문은 으레 "타자 많이 치나 봐요. 어떤 일 하세요?"가 따라옵니다. 나중에 또 안 올 것 같은 곳에선 "네. 사무직이라 컴퓨터를 많이 써요." 정도만 답하지만 앞으로도 쭈욱 올 곳이면 "방송작가 예요." 이야기를 합니다. 그럼 바로 뒤따라오는 질문은 "연예인 많이 보세요?"인데요. 그 질문에 답을 해드릴게요.

방송작가면 유명 연예인과 금세 친하게 지낼 것 같죠? 연예인이랑 회의도 하고 가끔 커피도 마시고 운이 좋으면 로맨스도 생기기도 하지 않냐는 기대가 많습니다. 배우 박해일 님과 개그맨 정형돈 님의 아내분이 방송작가라 더 그렇게 생각하는 것 같아요. 물론 저도 제가 좋아하는 연예인들과 그런 로맨스를 그려보지 않은 건 아닙니다. 하지만 저는 주로 교양 프로그램을 해서 함께 작업한 출연자분들이 아나운서나 일반인, 사업가 등이 많았어요. 물론 연예인분들과도 몇 번 작업할 기회가 있긴 했습니다. 전 옛날 사람이라 그런지 아이돌은 걸그룹이든 보이그룹이든 크게 감흥이 없었는데(라고 말하기엔 한 남자 아이돌 대기실에서 훈훈한 외모와 매너에 설렌 경험이 있네요!) 무려 2005년 작, 드라마 '마이걸' 시절부터 좋아한 배우 이동욱 '님' 앞에선 진짜 입이 안 떨어지더라고요. 대본을 건네는데도 수줍... 눈도 못 마주쳤습니다. (예쁘고 잘생긴 사람들이 성격도 좋다는 말이 사실인가 봐요) 촬영 중간 식사 시간에 다같이 밥을 먹자는 것도(속으론 뛸 듯이 기뻤는데!) 저는 "저희 원래 따로 먹어서요."라며 뇌와 입이 따로 노는 바보짓을 했지 뭐예요. 그 흔한 같이 사진 찍자며 들이대는 패기조차 없었고, 당연히 친해질 기회는 없었죠.

또 한 번은 KBS 신관을 걷다가 터보 시절부터 애정한 가

수 김종국 님(콘서트도 서울, 지방 할 것 없이 여러 번 갈 정도로 찐팬입니다)을 마주치기도 했어요. 당시 노래 '제자리걸음' 인기가 한창일 때였는데 제가 그 앞에서 제자리걸음만 하고 있었죠. 옆에서 제 모습을 보던 친한 작가 언니가 그때 저를 묘사하며 꽤나 오래 놀렸습니다. 그 외 청룡영화제에서 실물을 영접한 김혜수 님은 여신 그 자체였고요, SBS 목동 사옥 로비에서 소녀시대 윤아 님의 조막만한 작은 얼굴에 감

연예인을 가까이에서 보고 대화할 수 있는 장점이 있습니다

탄, 지하 커피숍에서 스친 컬투 두 분 역시 생각보다 얼굴이 작아 놀랐습니다. 엉터리 영어 등 망가지는 캐릭터인 개그맨 지상렬 님도 실제로 본 외모는 굉장히 훈남이었고요, 배우 손예진 님은 실제론 조명이 그 위에만 켜진 듯 엄청난 미모였습니다. KBS 신관에서 친한 작가 언니랑 같이 걷던 중 한 가수가 지나가는 걸 봤는데 키가 생각보다 많이 작아 "우와 엄청 작네!"가 너무 큰 소리로 나와버린 적도 있어요. 순간 그분이 움찔했는데 아마도 들은 거겠죠?(죄송합니다) 화면에선 엄청나게 큰 근육을 가진 걸로 나왔는데 실제로는 슬림한 가수 분도 있었습니다. (벌크한 몸을 좋아하는 저로서는 약간의 실망감이...) 직접 대화를 하는 경우는 같은 프로그램을 함께해야 하니 극소수지만 행동반경은 아무래도 연예인과 겹치니까 좀 더 자주 보는 건 사실이에요.

Q57. PPL 프로그램은 다 짜고 치는 고스톱인가요?

모든 것이 마찬가지지만 방송을 만드는 데는 돈이 꽤 많이 필요합니다. 출연자들의 출연료, 그들을 최상의 상태로 만들어주는 코디네이터 비용, 촬영 비용, 장소를 사용하는 데 드는 비용, 편집 및 필요한 경우 더빙, 자막, 효과 등 후반 작업 비용, 방송사 전파를 타는 데 드는 송출 비용 등 상당하죠. 때문에 비용을 절약하거나 지원받을 수 있다면 참

고마운데요. 그중 하나가 PPL입니다. 얼마간의 비용을 받고 해당 제품을 화면에 노출하는 거죠. 얼핏얼핏 보이는 경우부터 꽤나 노골적으로 사용하는 모습까지 자주 보이는 탓에 이제 시청자들도 "저건 PPL이네." 알아보는데요. 대부분 제작진에게 미리 사용해볼 수 있게 샘플을 전달하고 촬영에 들어가기에 어느 정도 홍보성 멘트가 들어가더라도 전혀 아닌 장점을 나열하진 않습니다. 너무 거부감을 갖고 보진 않길 바라요. 고마운 존재입니다.

Q58. 맨땅에 헤딩하는 게 방송작가라던데 정말인가요?

맨땅에 헤딩. '무모한 일에 도전하거나, 타인의 도움이나 아는 것 없이 혼자서 어렵게 일을 해 나감을 비유적으로 이르는 말.'이라 국어사전에 등재돼있습니다. 꽤 맞는 표현이라 생각해요.

"방송작가는 처음 만나요. 무에서 유를 만들어내는 것 힘들겠어요." 소개팅 자리에서 자주 들은 이야기입니다. 방송작가라 하면 대부분 생각하는 고충이 뭔가 만들어내는 것의 어려움일 테죠. 일단 그렇게 아무것도 없는 무의 상태로 시작하니 맨땅과 비슷하겠고요. 그 위에 주제를 잡고 그 주제를 보여줄 사람을 정하고, 그 사람이 함께할 수 있도록 설득하는 섭외 과정을 거쳐, 어떤 말과 행동을 할지 판을 짜고, 그중 어떤 모습을 고를지 고민하는 것이 헤딩 작업이겠습니다. 하지만 이 모든 것이 꼭 혼자만의 과정은 아니니 무모한 일까진 아니라 생각해요.

Q59. 방송작가 진짜 힘들다던데, 진짜인가요?

저는 5개월 남짓 일반 회사를 다녀본 것 외엔 방송작가를 쭈욱 해 비교는 어려우니 같이 작가생활을 하다가 지금은 교육업을 하고 있는 친구를 예로 들겠습니다. 그 친구는 저와 인연을 맺은 프로그램에서 소위 학을 떼고 방송을 그만뒀어요. 원래 공무원이었다가 방송작가가 하고 싶어 그만두고 시작한 건데 말이죠. 이후 이탈리안 셰프, 국제협력단 해외봉사단원으로 네팔, 베트남 등에서 생활하다가 다시 한국에 돌아와 학원 선생님 등 다양한 일을 경험해봤지만 방송작가보다 힘든 건 없었다고 합니다. 심지어 작가할 때보다 설렁설렁 하는데도 늘 일 빠르게 잘한다는 이야기를 들었대요. 어느 정도 대답은 됐겠죠?! 하지만 너무 겁먹진 마세요. 의지가 있다면, 버틸 수 있습니다!

Q60. 방송작가는 왜 여자가 많나요?

아직까지 출산과 육아가 완전히 남의 일이 아닌 이상 한

가정의 가계는 아빠가 책임지는 경우가 많습니다. 아무래도 고정 수입을 보장하기 힘든 들쑥날쑥한 상황은 안정적인 가정과 거리가 멀겠죠. 하지만 남자 작가의 수도 꽤 많습니다. 금남의 구역은 절대 아닙니다. 현재 방송작가협회 회장님도 남성이에요.

Q61. 방송작가는 대부분 못생겼나요?

여의도에서 흔히 "새벽에 퇴근하는 여자 중 예쁘면 유흥업소 종사 여성, 못생기면 방송작가"라는 말이 있습니다. 남자 버전도 있어요. "깔끔하게 정장을 차려 입으면 증권맨, 꾀죄죄한 트레이닝복에 야구모자 눌러쓰면 PD"라고요. 비슷한 맥락으로 방송작가 복장을 설명하라면 며칠 안, 아니 못 감은 머리를 질끈 묶고 렌즈 낄 시간과 정성은 저기 멀리, 안경에(다행히 몇 년전에 라섹수술을 했어요) 목 늘어난 티셔츠, 무릎 나온 바지가 언급되는 경우가 많습니다. 그래야 열심히 일한다 생각하기도 하고요. 친한 선배 작가는 평소 워낙 부지런하고 잘 꾸미고 다니는 스타일인데도 프로그램을 옮길 때마다 일부러 수수하게 입고 다녔어요. 꾸미고 다니면 일을 안 한다는 평가를 받을 수 있어서죠. 저도 평소 잘 입는 일반 원피스를 입고 갔더니 '드레스'를 입고 왔냐는 말을 들은 적이 있어요. 그 이후론 혹시 화려하게 보일까? 한 번 더 생각하고 제 눈에 덜 예뻐 보이는 옷을 선택하곤 했습니다. 하지만 요즘은 달라지고 있어요. 외모도 경쟁력이란 인식이 높아지면서 스스로를 꾸미는 데도 적극적인 덕분인지 작가들 미모가 상당한 경우가 많습니다.

Q62. 방송작가는 정말 노처녀가 많나요?

싱글 비중이 많다고 이미 알려져 있는 방송작가. 모든 일엔 이유가 있습니다. 일단 방송작가는 정해진 출퇴근 시간이 없습니다. 꽤 솔깃하죠? 하지만 달리 표현하면 언제나 일을 해야 할 수도 있다는 말이에요. 오밤중에 출퇴근 하기도 하고 마감 시간을 지키다 보니 샤워할 시간이 없어 모자를 눌러 쓰고 나가야 할 때도 있습니다. 다 해놓은 섭외가 펑크 나거나, 당장 다음 주에 촬영 나가야할 아이템이 소위 까여서 다른 아이템을 급히 찾아야 할 때도 생겨요. 담당 피디가 약속한 편집 시간을 어겨 이때면 다 하고 나갈 수 있겠다 생각하고 잡은 약속을 취소해야 하는 경우도 부지기수입니다. 어떤 이유든, 누구든, 당일에 약속 변경하는 사람, 참 별로죠? 처음 한두 번은 그러려니 하지만 여러 번 반복되면 기분도 나쁘고 신뢰도 떨어지기 마련입니다. 하필 특별한 날에 이런 일이 벌어지면 더더욱, 감정에 틈이 생길 수도 있겠죠. 그렇게 변경하는 사람 기분도 좋지 않아요. 나도 속상한데 미안하기까지 하니까요. 나중엔 그런 상황을 만드는 것이 싫어 약속을 잘 안 잡게 되기도 합니다. (이건 친구들의 경우도 마찬가지입니다. 같이 방송하는 친구들은 이런 변수를 너무 잘 알아서 그나마 낫지만 그게 아니면 스스로 부담이 되더라고요. 저는 먼저 만나자는 말을 잘 안 하는데 보고 싶지 않아서가 아니에요)

이런 이유도 있어요. 워낙 다양한 사람을 만나다 보니 사회 고위층, 성공한 사업가, 연예인 등 유명인, 흔히 말하는 훌륭한 사람과 많이 접합니다. 그러다 보면 평범한 사람들은 상대적으로 멋있다고 느껴지지 않기도 해요. 짧게 표현하면 눈이 높아진다 할 수 있겠죠? 하지만, 그럼에도 불구하고, 이해심 많은 배필, 혹은 눈에 콩깍지를 씌워준 배필과 백년해로 중인 분들도 꽤나 있어요. 제가 주변에 워너비로 삼는 부부 중 두 쌍이 아내가 방송작가입니다.

Q63. 방송작가는 돈 많이 버나요?(PD도 궁금해요!)

직업으로서 무언가를 알아볼 때 빠지지 않는 궁금증 중 하나는 '수입이 얼마나 될까?'일 테죠. 일단 현재 막내 작가의 월급은 200~220만 원 정도로 알고 있습니다.

제가 처음 일을 시작할 땐 월급 75만 원을 받았어요. 3개월 수습 후 90만 원으로 올려준다고 했는데 다행히 저는 1개월 후 인상된 금액을 받을 수 있었습니다. 많이들 3개월 내에도 그만둔다고 그 기간을 수습 기간으로 잡았는데 저는 오래 할 것 같다고 2개월 먼저 올려줬어요. 하지만 그것도 상당히 작은 금액이죠. 당시 같은 막내작가끼리 "우리가 일 한 시간만큼 최저시급만 받아도 재벌이 되겠다."라고 농담 반 진담 반으로 이야기한 적도 있어요. 너무 피곤하고 힘든데 그냥 그만두기는 알량한 책임감 때문에 힘드니 "서로 계단에서 밀어주자. 다쳐버리면 괜찮지 않겠냐!"는 대화도 나눴습니다. 하지만 돈이 부족하진 않았어요. 멀끔하게 차려입고 나가야 하는 것도 아니니 품위 유지비 필요 없고, 휴일에도 늘 일을 하고 있으니 돈을 쓸 일이 없었거든요. 회사 내에서 먹는 데 쓰는 돈은 회사나 선배님들이 지원해주셨습니다.

막내 작가를 지나 소위 입봉. 글을 쓰게 되는 시기, 내 코너를 맡게 되면 월급에서 졸업, 한 편당 고료를 받습니다. 보통 1주에 1편을 만들고 연차x10만 원 정도 된다고 할 수 있어요. 7년 차면 70만 원, 8년 차면 80만 원, 이런 식인 거죠. 그럼 한 달이 대부분 4주니 곱하기 4를 하면 월 수령액이 나오죠? 5년 차가 되면 대부분 입봉을 하는데요. 그래서 갓 입봉한 작가들은 막내 작가 시절 월급이나 비슷하거나 오히려 더 적은 고료를 받게 돼요. 이때부터 수입 격차가 생깁니다. 재택근무, 투잡이 가능하거든요. 눈치껏 여력껏 여러 프로그램을(방송 프로그램도 2개, 많게는 3개) 할 수 있고, 기업 홍보영상, 지역 방송 광고, 관공서 등에 입찰할 때 기획안 등 다양한 영상 관련 일을 할 수 있게 됩니다. 부지런히 움직이면 월 1,000만 원도 충분히 가능하죠. 저 역시 월 1,000만 원 기록에 성공했어요. 실수령액 월 천, 꿈이 아닙니다! 가능해요!

물론 유명 드라마작가의 경우 한 편당 몇천만 원씩을 받죠. 하지만 그런 분은 워낙 극소수니 일반화 할 순 없고요. 방송사가 어디이고 제작비가 얼마인지 어떤 장르의 방송인지 등과 함께 경력에 따라 플러스일 수도 마이너스일 수도 있어 일괄적으로 볼 순 없습니다. 같은 프로그램에서 같은 위치로 일해도 급여가 조금씩 다른 경우도 있어요. 그런 경우엔 갑(페이를 지급하는 사람)님이 비밀로 하자고 합니다. 회사처럼 '몇 년 차면 연봉 얼마' 이렇게 딱 정해져 있지 않은 거죠. 심플하게 표현한다면 일하는 만큼 번다고 생각하면 됩니다. 이건 일이 없으면 백수가 된다는 뜻이기도 하죠. 또한 원고료 외에도 인터넷 다시보기, 재방송, 해외 판권 등으로 저작권료도 발생할 수 있습니다. 서브작가부터는 동년배 직장인 급여수준보다 많으면 많지 결코 적지는 않은 수준인 것 같아요. 모든 일은 장점이 곧 단점이고 단점이 곧 장점이기 마련인데요. 저희 수입도 마찬가지입니다. 계약직이나 프리랜서로 일하는 방송작가의 단점은 고용의 불안정성이 있지만 여러 프로그램을 동시에 할 수 있다는 장점이 되기도 하니까요.

　프리랜서로 일하는 PD의 경우도 마찬가지더라고요. 그런데 촬영일에 현장에 직접 나가야 하는 제약 때문에 여러 개를 하는 게 좀 더 힘들어 보이긴 했습니다. 몸을 두 개로 쪼갤 순 없으니까요. 고정된 일정이면 괜찮지만 그렇지 않은 경우엔 작가 입장에서 촬영일정 잡는 게 더 힘들기도 합니다. 출연자 일정에 PD 일정까지 맞춰야 하니까요. 그래도 한 팀이니 서로서로 배려해주는 게 미덕입니다.

5장
광고

방송작가, 계속 할 거야?

Q 64. 방송작가는 어떻게 될 수 있나요? 독학도 가능한가요?

아주 옛날엔 (80년대 초반 출생인 저보다 10년 쯤 선배님들 세대) 방송작가도 공채를 통해 뽑았다고 해요. 하지만 지금은 진행하지 않습니다. 그럼 어떻게 시작한 거냐고요? 사실 방송작가는 되기 위한 특정한 조건은 없어요. 국어국문학과, 문예창작과, 신문방송학과, 방송극작과, 방송시나리오극작과, 미디어영상학과 등 방송 관련 학과를 졸업하는 게 아무래도 유리한 면은 있지만 전공과 무관하게 방송 관련 교육 기관 수료 후 취업이 되는 경우가 대부분입니다. 대표적으로 아래와 같은 곳을 꼽을 수 있습니다.

- MBC 아카데미 https://www.mbcac.com
- 사단법인 한국방송작가협회 http://www.ktrwa.or.kr
- 한국방송협회 http://www.kba.or.kr

교육 기관의 수강료는 대학교 등록금과 비슷합니다. 꽤 높은 금액이죠. 하지만 이런 기관을 꼭 거쳐야 하는 건 아니에요. 제 경우를 예로 들 수 있습니다. 전 느지막이, 대학교 3학년이 되고서야 방송작가라는 직업이 있다는 걸 알았어요. 당시엔 방송에 방송작가 등 제작진이 나오는 경우가 없었거든요. 거의 금기시되는 정도였죠. 전 국어국문학과를 전공했는데 대학교 입학 원서를 넣을 때만 해도 국어 선생님을 생각했고 방송 쪽은 고려조차 하지 않았습니다. 하지만 교육 수업 중 교단에 나가 강의를 하는 것이 제게 맞지 않다는 걸 깨달았어요. 모두의 눈동자가 나를 바라보고 있을 때 그 부담감이 견디기 힘들더라고요. 당시에도 (지금까지) MBTI 검사 결과가 ENFP일 만큼 내성적이진 않았지만 그렇게까지 주목받는 매일은 안 되겠다 판단이 들었습니다. 그동안의 장래희망이 삭제되면서 '그럼 나 뭐하지?' 혼란에 빠졌는데요. 해답을 가까이서 찾았습니다. 바로 매일 보던 TV였죠. 처음엔 리포터를 해볼까? 생각했어요. 20대 초반, 대학생의 눈에는 맛있는 것 먹고 멋있는 데 놀러가면서 돈을 버는 것 같아 좋아보였거든요. 하지만 아무것도 모르지는 않았나 봅니다. 리포터 생활은 나이가 들면 하기 힘들 거란 생각이 들었습니다. (어느 점집을 가도 저는 일을 계속 한다고 하던데 이때부터 그 싹이 자라고 있었나 봐요. 아! 개미 인생...) 그러다 화면 뒤에서 일하는 사람들이 있다는 걸 알게 됐어요. 바로 PD와 작가죠. 카메라를 들고 다닐 체력은 없음을 너무 잘 알기에, 또 소싯적에 소소하게 백일장 상을 타보긴 했으니 작가를 해보자 생각했습니다. 급히 변경한 장래희망을 이루기 위해, 이런저런 검색을 하다 MBC 아카데미 입학 원서를 넣기로 마음먹었고요. 대학교 3학년과 4학년 사이 휴학을 했습니다.

아카데미 입학은 아무 때나 할 수 있는 게 아닙니다. 모집 기간이 있어요. 그 시기가 올 때까지 방송작가 관련 사이트를 괜히 들락날락 했는데요. 어느 날 KBS에서 올린 아르바이트 구인공고를 봤습니다. '프리뷰' 작업이었는데요. 한 번도 안 해본 작업이지만 왠지 할 수 있을 거란 근거 없는 자신감이 있었어요. 그래서 전화해보니 경력이 없어도 할 수 있다고, 다만 타자가 빠르고 노트북이 있어야 한다고, 또 밤샘 작업을 해야 한 대요. 그래서 "네. 가능합니다!" 하고 바로 일을 시작했습니다.

당시 집에 3kg 가량의 노트북이 있었어요. (지금은 1kg이 될

까 말까 한 노트북도 무거운데 그걸 어떻게 들고 갔는지...) 그걸 들고 여의도 KBS 신관으로 향했습니다. 태어나서 처음 가보는 곳이었고 당시엔 지금처럼 지도 앱이 있을 때도 아니라 내리면서 버스 기사님께 KBS 가는 길을 물어봤죠. 깜깜한 여의도 공원을 3kg가 넘는 노트북을 들쳐 메고 가로질러 드디어 방송국이란 곳에 도착했습니다. 쭈뼛쭈뼛 시사교양 팀의 편집실로 안내받았어요.

프리뷰는 촬영본을 타임라인 별로 화면과 음성을 문서로 정리하는 작업인데요. 지금은 영상 재생이 컴퓨터 파일로 가능하지만 그때는 전용기기를 통해서만 할 수 있었어요. (역사 속 1:1 편집기) 찍어온 테이프 내용을 다음 날 아침까지 문서화하는 게 제 임무였습니다. 사실 그전까지 저는 밤을 새워본 적이 없었어요. 하지만 그날 알았습니다. 저는 특별히 잘하는 건 없지만 맡은 일은 우직하게 해낸다는 걸요. 묵묵히 앉아 일을 끝내자 다음 작업도 맡겨주셨습니다. 이후 타 방송사에서 고정 프리뷰어를 구한다는데 그일을 해보지 않겠느냐 제안을 주셨고 그게 방송작가를 시작하는 계기가 됐어요. 프로그램의 막내작가 자리가 비게되었는데 그 자리에 제가 들어갔거든요. 지금도 친한 언니 동생으로 지내는 당시 막내작가님이 떠나면서 저를 추천해준 덕분에 호의적인 면접을 봤고 제 이름 뒤에 방송작가라는 직함을 달 수 있게 됐습니다.

방송전문교육기관을 수료한 분들의 이야기를 들어보면 가장 큰 장점으로 인맥을 꼽아요. 강사진이 수십 년을 방송계에서 일한 작가, 피디들이니 자연히 일자리를 많이 소개받을 수 있는 거죠. 덕분에 좀 더 수월하게 굵직한 프로그램의 구직 기회를 얻을 수 있는 것 같습니다. 같은 기수 동기들도 동료애를 바탕으로 서로 밀어주고 끌어줄 테고요. 물론 작가 실무에 대해 배우는 것도 많습니다. 제 경우엔 막내작가 시작할 때 저를 끌어준 언니가 교육기관에서 썼던 교재를 물려주기도 했어요. 하지만 꼭 전문적인 지식을 갖고 시작해야 하는 건 아닙니다. 일단 들어가면 배우게 돼요. 지금 이 시간에도 구인공고가 올라올 만큼 막내작가를 원하는 프로그램은 많습니다. 그러니 의지를 갖고 프로그램을 꼼꼼히 숙지한 후 면접을 본다면 작가 생활을 시작할 수 있을 거예요. 다만 오래 버티는 게 관건이죠.

Q 65. OTT, 유튜브 등 다른 영상 매체를 어떻게 생각하세요?

요즘은 불금, 불토란 단어가 무색할 만큼 제아무리 핫플이라도 밖에 나와 노는 사람 수가 현저히 줄었습니다. 다들 어디서 뭐하냐는 질문에 많은 수의 대답은 "집에서 OTT나 유튜브 봐."라더라고요. 그만큼 인기가 많아요. 저 역시도 요즘은 꾸준히 보는 프로그램이 방송 보단 유튜브일 정도니까요. 기존엔 1인 방송, 1인 미디어를 기본 유튜브에서만 존재감을 내는 전문 크리에이터와 TV 전문 연예인으로 나뉐는데 이제 연예인도 유튜브 채널을 많이 열었고 크리에이터도 TV에서 자주 만나볼 수 있습니다. 점점 그 경계가 흐릿해지는 것 같은데요. 전 이 역시 긍정적으로 봅니다. 혼자 모든 역할을 해내는 1인 크리에이터도 있지만 어느 정도 반열에 오른 후엔 구성, 촬영, 편집을 함께할 작가, 피디와 함께하는 경우가 대부분이거든요. 다른 시각으로 보는 경우들도 있지만 저는 저희 업계의 일자리와 수입을 늘리는 하나의 축이라 봅니다.

Q66. 방송 심의와 유튜브 심의는 어떻게 다른가요?

방송에서 라면을 먹는다면 봉지에 스티커를 붙여 이름이 안 보이게 하고 제품명 언급을 직접적으로 하지 않습니다. 어딘가 방문하면 '서울시 강남구 ○피부관리실'처럼 대략의 위치와 이니셜만 표기하죠. 만약 출연자가 건강기능식품을 먹는 장면이 있다면 어느 회사 제품인지 짐작할 요소를 보여서는 안 돼요. 또한 제품의 특장점을 이야기하려면 공신력 있는 논문 등 자료 원본이 꼭 필요합니다. 의료, 건강 관련 내용을 전한다면 전문의 자격증을 꼭 확인하고 송출합니다. 만약 확인하지 않으면 전부 잘라내야 해요.

하지만 유튜브는 다릅니다. 방송처럼 제품명에 스티커를 붙이거나 모자이크 처리를 하지 않은 날것 그대로는 기본, 제품명을 대놓고 보여주고 특장점도 줄줄 나열해요. PPL 시간을 따로 가질 정도죠. 요즘 인기인 연예인이 게스트와 함께 술 마시는 유튜브 영상의 경우 대부분 숙취 해소 제품을 보여주는데요. 저렇게까지 해도 되나 싶을 만큼 노골적으로 홍보합니다. 출연 연예인이 광고 중인 제품도 풀네임 그대로 보여주고요. 심한 노출이나 폭력 등 범죄 수준이 아니고서는 어떤 내용이든 자유롭게 업로드할 수 있습니다. 그 정도로 유튜브 심의는 규제가 한결 자유롭죠. 광고주 입장에서 훨씬 솔깃할 부분이라 생각해요. 시청자 입장에서는 유튜브에 나오는 정보는 걸러지지 않은 경우가 많으니 사실 여부를 확인하는 것이 좋겠습니다.

Q67. 방송작가라서 누릴 수 있는 건 뭐가 있나요?

일반적으로 만날 수 없는 사람들을 접할 수 있습니다. 연예인은 물론 정치인, 사업가, 경제인, 운동선수, 화가, 음악가, 종교인 등 말 그대로 각계각층의 인물들과 소통합니다. TV에 출연하는 사람은 방송작가가 섭외를 해서 나오는 거니까요. 덕분에 꽤나 넓은 인맥을 갖추기 쉽습니다. 소위

'찌라시'라 부르는 연예계 뒷이야기도 다른 직군보다 훨씬 빠르게 캐치하죠. 시사회, 시음회 등 각종 행사에 초대 받는 경우도 있습니다. 또한 직업을 소개할 때 방송작가라고 하면 "멋져요!" 등 좋은 반응을 보이는 경우가 대부분인데 그때의 뿌듯함도 방송작가라 누리는 것 중 하나라 생각해요.

Q 68. 일하면서 보람을 느낀 건 언제인가요?

언제였지? 애써 떠올리려 했는데 마침 오늘! 방송 잘 봤다며 고맙다며 연락이 왔습니다. 바로 이런 순간들이 고된 일이지만 계속하게 하는 힘이 돼요. 업계 사람이 아닌데 제 방송을 재밌게 봤다고 했을 때도 보람이란 감정이 듭니다. 또 녹화가 끝나고 모두가 서로에게 "수고하셨습니다!" 외칠 때, 참 보람찬 시간이었다 느끼죠. 녹화 대본을 쓰기까지의 고뇌가 싸악 씻겨 나가는 기분입니다.

Q 69. 기억에 남는 프로그램이나 출연자가 있나요?

MBC의 '네 꿈을 펼쳐라'로 작가 생활을 시작했는데요. 한 분야를 정하고 그 분야의 손꼽히는 전문가가 제자를 키워내는 프로그램입니다. 지원자를 전국에서 모으고 오디

선을 통해 출연자를 결정, 여러 번의 테스트를 거쳐 정예 멤버와 함께하는 거죠. 지금은 흔히 볼 수 있는 서바이벌 프로그램의 시조새라 할 수 있습니다. 메이크업 아티스트, 중식 요리사 등 다양한 분야를 진행했는데 뮤지컬배우 편이 가장 기억에 남습니다. 남경읍, 남경주 선생님께서 멘토로 활약해주셨고 최종 오디션까지 통과한 지원자들과의 마지막 미션은 무대에 뮤지컬 '갓스펠'을 올리는 거였죠. 커튼콜 때 모두의 눈에 감동의 눈물이 가득했고 저 역시 뭉클함에 눈물이 핑 돌았습니다. 당시 맞췄던 회색 단체 티셔츠가 있는데 아직도 간직하고 있어요. 당시엔 방송 영상을 소장하려면 비디오 테이프 녹화가 필요했는데요. (옛날 사람인 것 티나죠?!) 꼬박꼬박 엄마가 도와주셨습니다. 프로그램이 끝나고 스태프 스크롤이 나가잖아요? 그 '구성' 옆에 적힌 제 이름을 보며 뿌듯했어요.

EBS 장수 프로그램이던(2003년부터 2014년까지 방영했습니다) '60분 부모'도 큰 의미가 있는 프로그램이었어요. 월, 화, 수, 목, 금 생방송으로 진행되는데 요일마다 테마가 달랐습니다. 영유아의 문제행동, 취학아동의 학습 능력 저하. 부부 갈등 등인데요. 제가 맡은 주제는 학습이었습니다. 주인공의 일상을 관찰하고 그에 필요한 해결책을 주는 방식인데요. 아이를 의뢰한 어머니들과 긴밀한 소통이 필수였습니다. 그중 한 어머니는 크리스마스에 직접 만든 카드를 보내주시기도 했고, 다른 어머니는 녹화 날 직접 만든 과자와 상품권을 챙겨주시기도 했습니다. 좋아진 아이들의 모습에 감사하다면서요. 이럴 땐 피말리던 밤샘 작업도, 배터리가 다 닳을 때까지 전화통을 붙들고 있던 괴로움도 싸악 씻겨 내려가죠. 두 곳 모두에서 지금까지도, 앞으로도 평생 갈 소중한 인연들(작가 선배 언니들, 친구들)을 만났다는 점에서도 특별한 프로그램으로 꼽습니다. 지금 순간도 나중에 돌아보면 좋은 기억으로 남을 것이라 확신해요.

Q70. 다른 직업을 가져본 적 있나요?

뇌과학적으로 제 아무리 좋고, 설레는, 연애도 1년을 하면 마음이 식는다고 하죠.

저도 방송작가란 직업에 정이 떨어져 떠난 적이 있습니다. 모 방송사에서 직원들에게 등산화를 선물한다며 발 사이즈를 물어갔어요. 저희 작가들도 웬 떡이냐! 기대했는데 며칠 후, 정직원만 준다며 프리랜서인 저희는 제외라 통보했습니다. 줬다 뺐는 기분, 얼마나 나쁜지 경험해 본 분들은 아실 거예요. 그깟 정직원. 나도 하자 싶어 한 회사에서 정직원 생활을 시작했습니다. 하지만 딱 5개월째 퇴사했어요. 한 사람이 회사에 와서 뭘 하느냐보다 그저 근태를 더 큰 판단 기준으로 삼더라고요. 연세 지긋한 팀장님이(지금의 제 나이 언저리겠지만요) 아슬아슬한 시간이면 출근 지문을 찍으려 엘리베이터를 내리자마자 사력을 다해 뛰어왔고, 한 여직원분이 차장으로 승진을 한다는데 회사에서 업무보단 인터넷 쇼핑만 하고 자리만 지키던 분이었습니다. 당시 저보다 10살이 많았고 같이 놀 친구들이 없어 그냥 엉덩이만 붙이고 있는 거였는데 성실하다며 승진이라니… 저와는 맞지 않다 생각됐어요. 6개월 채우고 실업급여를 받아볼까 생각도 했지만 제가 스스로 나오면 어차피 지급이 안 된다고 하더라고요. 바로 적어뒀던 사직서를 프린트했습니다. 감사이도 반려하셨지만 저는 이미 맘이 떠버렸어요. 이후 정직원에 대한 로망은 사라졌고 프리랜서의 길을 꾸준히 걸어오고 있습니다.

방송작가는 프리랜서, 자유계약 노동자입니다. 스스로 능력만 된다면, 즉 계약을 하고 시간을 관리하고 일을 약속대로 처리할 능력만 된다면 얼마든지 많은 일과 많은 계약을 할 수 있죠. 마감의 압박이 있지만 정해진 기간에 정해진 일을 정해진 수준으로 넘기면 됩니다. 하지만 일하고 싶을 때 쉬어야 하고 쉬고 싶을 때 일해야 할 수도 있죠. 또한 고정적인 일이 없으니 계속해서 불안함이 있고, 누군가 나를 뽑아줘야만 일을 할 수 있으니 을의 입장이 되는 경우도 많습니다. 프리랜서라면 이런 단점은 감수해야 합니다. 원래 얻는 게 있으면 잃는 것도 있는 법이죠.

Q71. 글 쓰는 걸 좋아해요. 방송작가가 천직일까요?

　일단 축하드려요. 글 쓰는 걸 좋아한다는 건 방송작가뿐 아니라 어떤 일을 해도 강점일 거예요. 그런데 방송작가는 정확히는 글을 쓰는 사람이기보단 '말을 쓰는 사람'입니다. 우리가 글을 읽을 땐 얼마나 읽기 쉽고 눈에 잘 들어오는지를 따집니다. 가독성이라고 하는데요. 방송 대본은 이보다 얼마나 입에 잘 붙는지를 따집니다. 그래서 대본을 쓰고 나면 내가 출연자나 성우라 생각하고 읽어봐요. 말하기 쉬운지, 발음이 꼬이지 않는지, 소위 입에 잘 붙는지 따져보는 겁니다. 하지만 글 쓰는 걸 즐긴다면 말을 쓰는 것도 한결 수월할 거라 생각해요.

Q72. 꼭 글을 잘 써야 방송작가가 될 수 있나요?

　물론 글솜씨가 좋다면 유리합니다. 하지만 꼭 그렇지 않더라도 다른 것으로 보완할 수 있어요. 방송작가는 처음부터 끝까지 혼자 쓰는 글쓰기를 하는 게 아니거든요. 사실 대본만으로는 힘이 없어요. 그것을 기초로 프로그램을 완성해야 합니다. 출연자, 감독, 피디, 연출팀, 카메라팀, 조명팀, 오디오팀, 효과팀, 분장팀, 자막, CG 등 후반작업팀 등등. 많은 사람의 힘을 모아야 해요. 이 모든 사람과 협업

해야 합니다. 대인관계 능력이 좋다면 십시일반 부족한 대본을 메꿔 주기도 해요.

읽기 위한 글을 쓰는 순수문학과 방송 대본의 또 하나 다른 점은 변수를 갖고 있다는 건데요. 예를 들면 기상 악화로 예정한 야외활동을 못하게 됐거나, 엄청나게 살을 뺐다고 해서 촬영을 나갔는데 요요 현상으로 다시 통통해졌다거나 등 예기치 못한 상황이 닥쳤을 때 순간 대처하는 해결 능력도 글솜씨 못지않게 중요합니다. 다양한 관점에서의 각기 다른 의견을 수렴해 대본에 녹여내는 유연함도 필요해요.

글솜씨를 외모라고 했을 때 그 외 대인관계, 해결 능력, 유연함 등 다른 능력을 연애 기술로 비유해볼까요? 아주 뛰어난 미모지만 연애 기술은 없는 사람과 미모는 평범하지만 연애 기술이 좋은 사람. 이 중 방송작가에 더 잘 맞는 사람은 후자라 생각해요. 물론 미모에 연애 스킬까지 좋다면 훨씬 좋겠죠.

Q73. 학벌이 중요한가요?

아뇨. 방송작가는 그 어느 직군보다 학벌 스펙트럼이 넓은 직업이라 할 수 있습니다. 미디어, 언론, 방송과 전혀 관련이 없어도 상관없어요. 출신 학교, 전공보다 얼마나 센스가 좋은지가 더 필요한 만큼 열려있습니다. 그저 견뎌내는 것이 힘들 따름이죠.

Q74. 이과인데 방송작가가 될 수 있나요?

물론입니다. 출신 학교에 제약이 없는 만큼 학과 역시 따지지 않아요. 흔히 극작과, 문예창작학과나 신문방송학과, 혹은 어문 계열을 나와야만 방송작가가 될 수 있다 생각하는데 꼭 그렇지 않습니다. 물론 그쪽 전공자들의 비중이 높은 건 사실이에요. 저 역시 국어국문학과를 나왔고요. 하지만 그건 문과 사람들이 뭔가 상상하고 만들어내는데 거부감이 적어서이지 않을까 생각합니다. MBTI로 따지면 N성향이죠?! 하지만 제 생각에 이과 전공자라도 이쪽에 관심이 간다면 도전해 봐도 좋다고 생각해요. 심지어 과학 관련 프로그램을 만든다면 물리, 화학, 생물, 우주 등 관련 지식이 풍부한 전공자가 유리할 테고, 역사 관련 프로그램을 만든다면 역사 지식이 풍부한 전공자가 유리할 겁니다. 대본을 쓰려면 어느 정도 알아야 하는데 공부할 시간이 길지 않은 만큼 이미 배경지식이 있다면 훨씬 편할 테니까요. 실제 제 주변에 경제학과를 나와서 경제 프로그램만 맡는 분도 있습니다. 막내 생활은 경제 프로그램이 아니었지만 연차가 쌓이면서 점차 한 쪽으로 확고히 굳혀갔어요.

그런 식으로 특정 분야 전문 작가가 되는 것도 좋다고 생각합니다.

Q75. 외국어 능력이 필요한가요?

AI의 발전과 함께 번역 기술도 좋아지고 있습니다. 곧 언어의 장벽을 허물 것이란 예상까지 나오는데요. 아직 100% 완벽하진 않죠. 그리고 사실 대화란 의사소통 수단을 넘어 교류할 수 있는 건데 번역기를 사이에 둔 대화는 그 깊이가 다를 겁니다. 외국어 능력은 어떤 일을 하든, 최소한 해외여행만 가더라도 탑재해놓으면 훨씬 좋다 생각합니다.

대학생 때 부모님이 어학연수를 보내준다 했는데 웬 겁이 그렇게 많아서는, 혈혈단신으로 가는 게 무섭다고 안 간 저 자신을 후회해요. 만약 외국어 실력이 좋다면 국제방송이란 선택지도 생기고요. 그쪽을 하지 않더라도 언젠가 한 번쯤은 외국인 출연자를 만나는 경우도 생길 겁니다. 영어로 빼곡히 적힌 논문을 해석해야 할 때도 있고요. 인터뷰이 중 외국인은 꼭 만나게 될 겁니다. 짧은 인터뷰를 위해 돈을 들여 번역을 맡기긴 애매하니 그 정도는 작가들이 해주길 바라더라고요. 물론 아주 전문적인 내용은 전문 번역가에게 의뢰하니 너무 걱정하진 않으셔도 돼요.

또 본인 능력 밖이면 지인에게 부탁하거나 자체적으로 번역 아르바이트를 맡겨도 되고요. 다만 이 모든 게 번거로우니 본인이 직접 할 수 있으면 더 좋다는 거죠. 멋있어 보이는 건 덤입니다!

Q76. 학창시절 어떤 준비를 해두면 좋나요?

크게 세 가지로 지식, 인맥, 체력을 준비하면 좋을 것 같아요.

먼저 지식 이야기를 하자면 모든 분야에 의미 없는 배움은 없지만 바로 앞 질문으로도 언급한 외국어 능력을 쌓아두는 걸 추천해 드려요. 입사할 때 영어시험을 보는 것도 아니고, 외국어 실력이 모자란 것이 결격사유가 되진 않지만, 잘하면 플러스인 건 확실합니다. 저도 일하다 보면 드문드문 외국어 공부 좀 더 해놓을 걸 아쉬움이 들 때가 있어요. 꼭 방송작가가 되지 않더라도 익혀두면 활용할 데가 많으니 해서 밑질 건 없겠죠? 그리고 시사나 역사 등 소위 상식이라 표현하는 것엔 촉을 세우고 있길 바랍니다. 뭔가 아이디어가 필요할 때면 모여 브레인스토밍을 진행하기 마련인데요. 그럴 때 상식이 풍부한 사람은 더 빛을 발하게 되더라고요.

$$B=f(P.E)$$

행동Behavior은 사람Person과 그들을 둘러싼 환경Environment간의 함수 관계다.

출처: 『아주 작은 습관의 힘』, 제임스 클리어

두 번째는 인맥입니다. 미국 최고의 자기계발 전문가로 꼽히는 제임스 클리어가 쓴 책에 '행동은 사람과 그들을 둘러싼 환경 간의 함수 관계다.'는 구절이 있습니다.

노력이나 천성도 중요하지만 환경에 따라 행동이 결정된다는 거죠. 그 환경을 만드는 것은 가족과 가까운 지인일 텐데요. 혈연으로 맺어지는 가족은 선택이 불가능하죠. (배우자만이 유일하게 선택 가능한 가족입니다) 그래서 친구를 보면 그 사람을 안다고들 하나 봐요. 예부터 '근묵자흑'이라 했고 지금까지도 '끼리끼리는 사이언스'로 여깁니다. 바로 그 인맥의 시작이 학창 시절인데요. 사회로 나오면 생각보다 내가 원하는 사람과의 시간을 갖기가 어렵습니다. 만나고 싶은 사람보다 만나야 하는 사람과의 자리가 많아져요. 다양한 조직원 중 원하는 이와 시간을 보낼 수 있는, 가장 쉬운 때가 학창 시절입니다. 그러니 다양한 친구들을 경험해보고 나와 결이 맞는 친구가 누군지 찾아내시기 바랍니다. 그리고 그 친구와 깊은 관계를 쌓아두세요. 꼭 방송작가를 하지 않더라도 평생 힘이 되는 존재가 돼줄 겁니다. 그렇다면 나머지는 배척하느냐? 아니요! 꼭 찰떡으로 맞는 친구들이 아니라도 두루두루 넓게 원만히 지내는 편이 좋습니다. (물론 성향에 따라 아주 어려울 수 있습니다. 그래도 최대한 적은 만들지 마세요!)

　세 번째는 체력입니다. 다른 일도 마찬가지지만 방송작가로 살아가려면 앞에서 이야기한 것처럼 체력이 정말 중요합니다. 새벽 내내 일을 해야 하는 경우도 있으니까요. 기본 체력이 받쳐줘야 지치거나 아프지 않고 해낼 수 있습니다. 저도 한 번 체력이 고갈되면서 크게 아픈 적이 있었는데요. 어렸을 때부터 꾸준히 체력관리를 했다면 다르지 않았을까 생각합니다. 돌이켜보면 저는 어릴 때부터 움직이는 것이 귀찮아 체육 시간을 싫어했어요. 근력도 상당히 부족했습니다. 오래 매달리기 최고 기록이 단 1초에 불과했죠. 고등학교 때 반에서 재미 삼아 팔씨름 대회를 했는데 딱 한 명밖에 못 이겼어요. 하지만 그 당시엔 웃고 말았지 훗날 문제가 될지 몰랐습니다. 만약 미래를 알았다면 더 많이 움직이고 힘을 더 키웠을 거예요. 유연성도 높여주세요. 몸의 스트레칭은 물론 마음도 유연하게, 부드럽게 가꿔주면 좋겠습니다. 방송 업계는 내 고집을 내세우기엔 특히나 어려운 생태계거든요.

　모든 시간에 의미 없는 시간은 없지만 학창 시절은 더 중요한 시간입니다. 그 시기를 지난 사람이라면 모두 같은 생각일 거예요. 그만큼 소중한 시간, 알차게 채워가길 바랍니다.

Q77. 배워두면 좋은 기술이 있나요?

당연히 글 쓰는 기술을 키우면 좋습니다. TV 프로그램을 단순히 눈으로만 시청하는 것을 넘어 필사해 보는 것이 많은 도움이 되고요. 사람과의 관계를 원만하게 유지하는 능력을 키우면 좋습니다. 방송은 절대 혼자서는 완성할 수 없어요. 여러 사람의 협업이 있어야 하는데 그러려면 상대방을 설득해야 할 때도, 내 의견을 맞출 때도 생깁니다. 때문에 절대 의견을 꺾지 않는 사람이나 감히 내 글에는 절대 손을 댈 수 없다 고집하는 사람은 방송작가로 일하기 어려울 거예요.

또 하나는 저장 기술! 작은 섭외부터 유명인, 전문가 등을 저장한 연락처 리스트는 큰 재산이 되어줄 거예요. 저는 초반에 여기저기 적어두고 사라진 게 많은데 후회되더라고요. 요즘은 꼭 저장해둡니다. 방송작가는 사람이 재산인 만큼 인간관계를 잘 쌓을 수 있는 능력치를 높여놓는 것도 좋을 테고요. (예를 들면 이해와 공감, MBTI F적인 요소랄까요?) 주위를 살피고 상황에 알맞게 대처하는 센스를 높이는 것도 추천합니다. 다양한 모임에서 각자의 특징을 살피고, 그 집단의 분위기를 파악하는 걸 연습해 보세요. 또한 책과 뉴스를 보고 세상에 관심을 가지는 건 방송작가가 아닌 어느 직업군에게도 필요할 겁니다. 작가를 하겠다고 마음

먹었다면 흔한 것도 흔하지 않게 볼 수 있는 안목을 키우는 것이 도움이 될 테고요. 다소 힘들거나 실망스러운 상황에서도 끈기를 갖고 이어가는 면모 역시 기술이라 할 수 있겠죠? 새로운 사람을 만나고, 적응하는 것에 익숙해지는 것도 익혀두면 도움이 될 겁니다.

Q 78. 방송 아카데미를 꼭 수료해야 하나요?

보통 새 프로그램을 시작하면, 제작사에서 아카데미에 작가 추천을 의뢰하고 졸업생들의 이력서를 받습니다. 그 후 면접을 보고 작가를 선발합니다. 그래서 아카데미 수료 과정 중간에 취업이 되는 경우가 대부분이에요. 제작 환경, 작가의 현실, 비전도 알려주죠. 하지만 아카데미 수료가 필수는 아닙니다. 막내 작가를 구하는 공고는 방송작가 구인 사이트에서도 누구나 확인할 수 있거든요. 회원 가입만 하면 부담 없이 무료로 열람 가능합니다. 그렇게 막내 작가로 입문했다면 그 후에는 함께 일했던 PD와 선배 작가가 프로그램을 새롭게 시작할 때 합류 요청이 오면 다시 함께 일하는 경우가 대부분입니다. 결국 함께 일할 때 능력을 얼마나 보여줬는지가 직업의 연속성을 좌우하죠. 점수화되는 시험이 없는 만큼 평판이 중요한 세계라 할 수 있습니다.

Q 79. 자격증이 필요한가요?

검색사, 워드 등 자격증을 갖고 있는 것도 좋겠지만 절대 필수는 아닙니다. 더 중요한 것은 버티는 힘입니다. 막내 작가. 참 돈도 적게 주면서 일은 많이도 시켜요. 섭외부터 방송 내용 점검 등 방송 진행에 필요한 모든 잡다한 일은 막내작가 몫입니다. 잠자는 시간 빼고 하루 종일 일하는데 도 받는 벌이는 얼마 되지 않아요. 때문에 가장 많이 그만 두는 시기이기도 합니다. 하지만 버티는 힘! 그 자격증을 얻었다면 롱런! 승산이 있습니다.

Q 80. 특출난 게 아무것도 없는데 방송작가가 될 수 있나요?

네! 될 수 있습니다. 저도 특출난 것 없이 20년 가까이 방송작가로 활동하고 있어요. 방송작가는 진입 장벽이 가 장 낮은 직업군 중 하나입니다. 특출난 재능을 처음부터 갖고 있지 않아도 일단 시장에 진입한 후에 키울 시간적 여유를 보장받는다고 볼 수 있겠죠. 하지만 오래 유지하기 위해 세 가지 재능은 키워두면 좋아요.

먼저 창의성입니다. 갖고 있는 정보와 사실을 조합해 새 로운 구조를 만드는 능력이죠. 이 능력을 키우면 평소에도 센스가 좋다는 평가를 듣게 될 거예요.

두 번째로는 유연성입니다. 다양한 사람을 대해야 하는 만큼 이런 사람은 이렇게 생각하겠구나, 저런 사람은 저렇게 생각할 수도 있겠구나 하며 이해의 폭을 넓히는 거죠. 이것이 잘 훈련되면 웬만한 일에는 크게 분노하지 않을 수 있습니다. 도인이 된다고 할까요?

마지막으로는 객관성을 들 수 있겠습니다. 작가는 출연자, PD, 스태프 등 모든 방송 관계자들의 중심에서 촬영 일자부터 내용까지 모든 것을 조율해야 해요. 그만큼 객관성을 갖고 중심을 잃지 않는 것이 필요합니다.

Q81. 방송작가에 가장 잘 맞는 성격은 뭔가요?

남자의 이상형은 오늘 처음 본 여자라는 말이 있죠. 이런 느낌으로 처음. 설렘을 좋아한다면 최적일 겁니다. 늘 새로운 사람, 새로운 장소, 새로운 아이템을 만나니까요. 또한 뭔가 알게 되는 것에 매력을 느낀다면 만족할 거예요. 지적 호기심을 갖고 있다면, 혹은 지적 허영심이라도 좋습니다. 두루두루 넓은 분야에서 꽤나 아는 사람이 될 수 있어요. 예전에 자동차 관련 영상을 만든 적 있는데 연구원들이 보는 전문 리포트로 엔진의 역사까지 공부했고요. 역사 프로그램을 맡았을 땐 수능 시험 치를 때보다 더 열심히 역사를 공부하며 연도까지 줄줄 읊어낼 수 있었습니다. 의학 프로그램을 만들 땐 웬만한 질병은 원인부터 증상, 치료법, 수술법, 명의는 누구인지 어떤 음식이 좋고 어떤 음식은 해로운지도 훤하죠. 뭔가를 배우는 것에 흥미를 느낀다면 생각보다 더 다양한 분야를 공부함이 재미있을 거예요.

Q82. 방송작가로 오래 살아남는 노하우가 있나요?

사실 이 책을 쓰면서도 내가 이걸 쓸 자격이 있나 생각했는데 그래도 하나 자신 있게 이야기할 수 있는 건, 저는 방송작가를 시작한 후 스스로 선택하지 않은 공백기는 없었어요. 잠시 쉬는 기간에는 다른 작가님들이 제 공백을 메워주며 기다려주기도 했습니다. 그래서 복귀도 수월하게 할 수 있었어요. 지금도 정말 감사한 마음입니다. 이것이 가능한 노하우라면 '싸가지' 있는 '마감근육'을 꼽을 수 있겠어요. 제가 일을 잠시 쉬던 시기, 그 공백을 기다려주고 복귀를 도와준 고마운 선배 작가님이 다른 사람에게 저를 설명할 때 가장 먼저 나온 말이 "애가 싸가지가 있더라."였습니다. 저는 윗사람이든 아랫사람이든 동년배든 예의 있게 대하는 편인데요. 그 바탕엔 누구든 내가 본받을 점이 있다는 생각입니다. 실제로 잘 살펴보면 그렇고요. 알고보면 세상에 막 대해도 될 사람은 없는 거죠.

다음은 마감근육. 인바디 결과 몸에 근육량은 적지만 마감근육만큼은 꽤나 단단히 키웠어요. 아무리 피곤하고 몸이 아프더라도 마감은 꼭 지켜왔습니다. 자부심이라 할 수 있죠. 그리고 '마감을 칼같이'를 쭈욱 지키면 일은 계속 들어올 수 있습니다. 이 바탕엔 약속은 꼭 지켜야 한다가 깔려 있는데요. 두 가지 모두 방송 작가가 아닌 모든 사회생활에도 적용될 겁니다.

Q83. 10년 후에도 이 일을 할 것 같나요?

방송작가는 일용직이라고 생각합니다. 불안정한 고용환경이거든요. 하지만 50대 후반의 선배 작가님들이 현업에서 활발히 활동하고 있는 것을 보면 그 어느 직업보다 안정적이라고도 보입니다. 일반적으로 회사와 공무원의 은퇴시기는 65세인데요. 그때까지 꽉 채워 다니는 게 쉽지 않죠. 하지만 방송작가의 경우 의지만 있다면 방송 외에도 강

아무리 생각해도 역시 저는 이 직업이 좋습니다

연, 스토리텔러, 콘텐츠 기획자, 지자체 콘텐츠 사업 등 확장도 가능하기에 정년 없이 일할 수 있는 직업이라 봅니다. 저 역시 50세가 넘어서도 이 일을 하고 있을 것 같아요.

Q84. 과거로 돌아가도 방송작가를 할 건가요?

사실 저희가 투잡, 쓰리잡을 하면 수입이 좋은 편입니다. 당연하죠. 예를 들어 삼성전자, 아모레퍼시픽 두 군데 회사를 다 다닌다고 생각해보세요. 당연히 돈을 더 받겠죠? 그렇게 따지면 급여가 높은 것도 아니고, 드라마작가처럼 이름을 날리는 것도 아니긴 합니다. 그래서 입버릇처럼 "때려치워야지."를 외치긴 하는데요. 그럼에도 어김없이 키보드 앞에 앉아 있는 저를 발견합니다. 그래서 왠지 과거로 돌아가도 똑같은 선택을 할 것 같아요. 마치 피할 수 없는 운명 같은 느낌일까요?

Q85. 다른 직업을 가진다면 무엇이 되고 싶나요?

주변에서 소개팅, 데이트, 기념일 등 특별한 날을 위해서는 물론 낯선 동네에서 뭔가 맛있는 걸 먹고프면 제게 물어봐요. 상황, 장소에 맞춰 잘 추천해주거든요. "누구랑 먹을 거야?", "한식, 중식, 일식, 양식, 뭐가 먹고 싶어?", "인증 샷이 필요해?", "술도 마셔?", "차 갖고 가?" 등 질문 후 높은 확률로 취향 저격에 성공합니다. 못 먹는 음식은 닭발, 번데기, 강아지밖에 없고 새로운 것 먹는 걸 좋아하는 만큼 꽤나 다양한 식당에서 두루두루 먹어본 편이라 갖고 있는 맛집 리스트가 많은 덕분이죠. 소소하게 활동하는 SNS에도 제가 맛있다고 올리면 믿고 먹으러 간다는 경우가 있습니다. 자타공인 미식가인 만큼 맛집을 소개하는 인플루언서를 하면 재미있게 할 수 있겠다 생각해요.

Q86. 가장 힘들었을 때와 행복했을 때는 언제인가요?

프리랜서의 길을 걷는다면 꼭 각오해야 하는 것이 있죠. 바로 일이 없어질 수 있다는 겁니다. 수년을 꼬박꼬박 방영한, 없어진다는 상상조차 하지 않았던 프로그램이 있었는데요. 그 프로그램의 종영 소식이 들려왔어요. 이전에도 소문이 들려왔지만 이어졌기에 크게 개의치 않았는데 진짜 종영을 하더라고요. 이 말은 수입이 없어진다는 거죠. 나이가 들수록 가만히 숨만 쉬어도 드는 비용이 높아지는 만큼 씀씀이는 이미 늘어나 있는데 주기적으로 들어오던 수입이 끊기면 "헉!" 소리가 납니다. 최대한 빨리 다른 일을 찾아 그 금액을 채워야겠죠?(이래서 불로소득을 늘 염원합니

다) 프로그램을 여러 개 할 때는 또래 직장인들보다 벌이가 좋아요. 여유롭게 지낼 수 있습니다. 하지만 만약 한 개 프로그램만 한다면 이것저것 사고 싶은 것, 먹고 싶은 것을 충족하기엔 아쉬운 게 사실이에요. 다행히 얼마 후 다음 프로그램을 찾았지만 그전까지 '혹시 공백기가 길어지면 어쩌지?' 하는 걱정에 마음이 힘들었습니다.

행복했던 순간은 제가 상을 한 번 받았어요. 제가 기획부터 제작 모두 맡았던 5부작이 이달의 좋은 프로그램에 선정됐지 뭐예요?! 성공한 스타트업 대표와 갓 시작한 새내기 스타트업 대표 여럿을 모아 1:1 멘토, 멘티로 짝을 지어 성공을 향해 가는 내용이었습니다. 당시 정부에서 스타트업 기업을 적극적으로 육성하던 때라 아이템도 잘 선정했다고 생각해요. 블로그 쪽지를 보내 강남역 커피숍에서 따로 미팅을 하고, 친구의 친오빠까지 동원하며 열정적으로 섭외를 한 보람이 있었죠. 상패와 꽃다발을 받는데 굉장히 뿌듯하고 행복했어요.

방송통신심의위원회 위원장 상패

Q87. 아들이나 딸이 방송작가를 한다면 찬성하나요?

K-Culture의 인기로 수출이 늘어난 만큼 방송 프로그램

제작도 늘고 있고 OTT 등 채널도 많아진 멀티미디어 시대에 방송작가, 콘텐츠 기획자는 핵심 인력으로 꼽히는 직업입니다. 수요가 크게 늘면서 앞으로도 전망이 매우 밝은 분야죠. 미래의 제 자녀가 이 길을 걷는다면 저는 찬성입니다.

Q88. 일자리는 어디서 찾나요?

앞서 이야기한 작가 단톡방에서 많은 구인 구직이 이뤄지고요. 저 역시 작가가 필요할 땐 이 방을 두드려요. 잠시만 보지 않아도 쌓이는 채팅의 수가 상당한, 알람은 절대 켜놓을 수 없는 아주 활발하게 활동하는 창입니다. 하지만 이미 인원이 꽉 차서 신규로 들어가는 건 쉽지 않아요. 누군가 나가면 때는 이때다! 하며 재빨리 초대해야 합니다. 그러려면 그 창에 소속돼 있는 그렇게 해줄 사람이 필요하겠죠? 제 경우는 정말 고맙게도 친구가 본인이 나가면서 저를 넣어줬어요. 만약 작가 단톡방에 들어가 있지 않다면 시사교양연구회, 한국방송작가협회, 미디어잡, 사람인, 필름메이커스 등에서도 구할 수 있습니다.

구인 공고는 이런 형식으로 올라와요.

- 프로그램: (채널, 프로그램명)
- 구인인원: (인원 수)

- 제작사명: (제작사명, 위치)

- 구인연차: (10년 차 이상/ 5년 차 / 0~2년 차 / 경력 무관)

- 근무형태: (상근/ 비상근)

- 근무내용: (야외 촬영/ 스튜디오 녹화, 주 1회/ 월 1회 등 제작 주기)

- 고료: (페이) (식비 포함 여부)

- 이력서 마감일: (특정일/ 채용 시)

- 투입 시기: (특정일/ 면접 시 협의)

- 이력서 보낼 곳: (메일 주소)

본인이 만들고 싶은 프로그램이 있다면 직접 방송프로그램 제작지원 사업의 문을 두드려보는 것도 방법입니다.

추진체계

신청자격

- 지원대상: 방송사업자, 제작자, 작가, 독립PD, OTT 사업자
  ※ 방송법 제2조에 의한 방송사업자와 인터넷 멀티미디어 방송사업법 제2조에 의한 인터넷 멀티미디어 방송사업자를 포함하며, 신청일 현재 실시간으로 방송을 송출중인 사업자에 한함
  ※ 단, 공익형 부문의 경우 방송통신위원회 지역·중소방송 제작지원 대상사업자 제외
- 신청방법: e나라도움 시스템(www.gosims.go.kr) 접수(우편 및 방문제출 불가)
  - e나라도움 메뉴얼을 참고하여 회원가입 후 접수절차에 따라 신청

e-나라도움 사이트에 들어가면 자세한 정보가 나오니 자주 검색해보고 신청해보세요.

Q89. 경력은 어떻게 쌓나요?

　한 사람의 인생은 그가 결정한 선택의 총합이라는 말이 있습니다. 경력 역시 그중 하나겠죠. 방송작가에게 입봉이란 건 참 중요한데요. 입봉은 영화감독이나 PD, 작가, 기자가 처음으로 작품이나 기사를 완성해 발표하는 것을 뜻합니다. 입봉 전엔 원고를 쓰지 못해요. 한 발 더 뒤에서 방송을 도울 뿐이죠. 그래서 내가 쓴 원고가 전파를 처음으로 타는 입봉작이 무엇이냐, 이후 무엇을 해왔느냐가 진짜 경력이라 할 수 있습니다.

　막내 겸 서브 작가 시절 제가 애정을 갖고 일하던 한 방송사에 제작비 10% 삭감 지시가 내려왔습니다. 당연히 저희 페이도 그만큼 줄어들었죠. 이미 쥐꼬리만 한 페이인데 깎을 게 뭐가 있다고 더 깎는다니 슬펐지만 다 같이 하는 고통분담이니 그러려니 했어요. 그런데 '다같이'가 아니었습니다. 정산은 조연출이 하는데 워낙 친하게 지내다 보니 정산 과정을 투명하게 보여줬어요. 그러다 정규직 PD들의 페이는 그대로 두고 작가, VJ, 성우 등 프리랜서들 페이만 줄인 것을 알게 됐죠. 어린 나이라 더 불합리하다 생각이 들었고 퇴사를 결심했습니다. 며칠 후 메인 작가님과 담당 PD님께 이유와 함께 제 생각을 말씀드렸죠. 작가님은 상당히 아쉬워 하셨고 PD님도 제게 방송사 내 다른 프로그램에 입봉 자리 추천을 해주려던 참이니 조금만 더 버텨보라 하셨습니다. 평소에도 제게 따스하게 대해주셨고 저를 많이 생각해주신 분의 고마운 제안이었지만 저는 결국 퇴사를 결정했습니다. 당시엔 그 방송사 자체에 실망감이 컸거든요. 이후 다른 곳에서 입봉을 했지만 그때 여기서 입봉을 했다면 어땠을까? 하는 생각도 종종 합니다. 거긴 공중파 방송사였고 저는 이후 케이블 채널 방송사에서 입봉 했거든요. 그리곤 쭈욱 케이블 채널 일을 하고 있습니다. 수적으로 케이블 채널이 훨씬 많아서인지 지금까지 원치 않는 공백 기간은 없이 일을 쭈욱 하고 있음에 감사하고 보람도 느끼면서 일하고 있는데요. 만약 공중파 방송사에서 입봉 했다면 좀 더 대중에게 알려진 프로그램을 맡고 있으려나? 하는 약간의 아쉬움도 있습니다.

입봉 제안은 상당히 솔깃합니다. 그걸 핑계로 페이를 후려치거나 선배가 일을 가르쳐주기보다는 '이거 해봐!'라는 명목으로 본인의 일을 떠넘기기만 하는 경우도 봤어요. 물론 일반적으론 그렇지 않아요. 같이 일하는 후배의 경우 선배 작가가 직접 뽑는 경우가 대부분이기에 그만큼 애정도가 높습니다. 하지만 안타깝게도 그렇지 않은 선배와 얽

히면서 다른 프로그램에서까지 이용당하며 스트레스 심하게 받는 경우를 봤어요. (다행히 제 이야기는 아닙니다) 조금만 더 버티자 모드로 이를 악물다가 결국은 다시는 안 볼 사이가 되더라고요. 아니다 판단이 든 순간 돌아섰다면 시간 낭비를 덜 했을지도 모르겠습니다.

인생의 갈림길은 늘 존재하죠. 그때그때 마음이 가는 곳을 향하되 아닐 때는 과감히 돌아설 줄 아는 용기도 필요합니다. 그런 일을 피하려면 일단은 너무 자주 구인공고가 올라오는 프로그램과 제작사는 기억해두고 거르는 게 좋아요.

Q90. 사랑받는 막내작가가 되는 방법이 있을까요?

글쎄요. 일 잘하고 성격 별로인 사람과 일 못하는데 성격만 좋은 사람 중에선 전자를 대부분 택하는 게 사실입니다. 그만큼 업무 능력은 기본값이고요. 거기에 뭔가 특별한 플러스 알파, 한 끗 차이가 필요한 거겠죠? 얼마 전 디자인 일을 하는 고등학교 시절 친구와의 수다 중 "요즘 애들 진짜 다르네."란 말이 나왔는데요. 내용은 이렇습니다. 출근 중 회사 앞에서 후배 직원을 만났대요. 분명히 눈이 마주쳤는데 인사를 안 하더랍니다. 저희 같은 꼰대 입장에서는 있을 수 없는 일이기에 왜 그랬을까 한참을 고민하다 물어봤대요. "아까 혹시 나 못 봤어? 왜 인사 안 했어?" 돌아온 대답은 "업무시간도 아니고, 회사 안도 아닌데 꼭 인사해야 해요?"였답니다. 이 글을 보는 분들도 '너무하네!'와 '당연하지!'로 의견이 나뉠 테죠? 물론 틀린 말은 아니라 반박할 순 없었다고 합니다. 이 비슷한 사례는 또 있었어요. 친구 남편이 식당을 운영하는데 아르바이트 하는 친구들이 퇴근 시간이 되면 뭘 하고 있든 그 즉시 중단하고 나간대요. 예를 들어 설거지를 하고 있었다면 세제 묻힌 그대로 그릇 놓고 장갑 벗고 퇴근하는 거죠. 남은 뒤처리는 사장 몫이라 합니다. 이 역시 계약한 시간을 지킨 거니 비난할 수 없지만 고개를 갸웃하게 되는 건 사실이에요. 이런 상황도 있죠. 선배 퇴근 전에 퇴근을 한다든지, 이걸 끼고 일해야 능률이 오른다며 귀에 블루투스 이어폰을 끼고 있는 것도 지금은 너무 자연스러운데요. MZ세대의 시작점이자 X세대의 끝자락인 제가 사회 초년생이던 시절, 소위 라떼는 상상조차 못하던 광경입니다. 하지만 본인 업무가 끝났는데 굳이 시간을 초과해서 자리를 지킬 이유도 없고 회사 내에서도 음성보다 채팅으로 대화를 하는 곳이 많으니 블루투스를 빼라고 할 명분도 없죠. 그러니 대놓고 질책할 순 없지만 저희 같은 꼰대들은 마음 한 구석이 찜찜할 때가 있어요. 4,000년 전 고대 바빌로니아 점토판에도, 고대 이집트 피라미드 벽에도, 요즘 젊은이는 버릇이 없다고 적혀있다니 세상은 쭉 이렇게 돌아갔나 봐요. MZ다운 것과

예의 없는 것의 경계는 참 모호합니다. 하지만 이 소위 MZ 다운 행동보다는 꼰대스러움을 조금 장착한다면 "와, 요즘 저런 친구도 있네!" 하며 선배들의 눈이 하트로 변하지 않을까 하는 꼰대스러운 생각을 해봅니다.

Q 91. 예비 방송작가에게 해주고픈 말은 뭔가요?

방송 화면 앞에 나오는 사람들을 출연진, 뒤에서 프로그램을 떠받치는 사람들을 제작진이라 하죠. 그 큰 한 축을 담당하고 있는 것이 방송작가입니다. 좋은 방송작가가 되려면 3ㄲ이 필요하다고 해요. 바로 '끼' '깡' '깔'입니다. 번뜩이는 아이디어를 내놓는 '끼', 체력적으로도, 정신적으로도 힘든 작업을 버텨낼 수 있는 '깡'. 작품을 때'깔'나게 버무릴 수 있는 감각에, 각종 변동 상황에서 무너지지 않고 다시 일어날 수 있는 성'깔'이죠. 이를 갖추기 위해 어디서 어떻게 훈련을 할지는 스스로 선택해야 합니다. 큰 프로그램에서 차근차근 경력을 쌓을 수도 있고, 소규모 프로그램에서 주도적으로 프로그램 제작에 관여하며 경험을 쌓아 나갈 수도 있습니다. 무엇이 좋다, 안 좋다 말할 순 없어요. 초반엔 양쪽 모두를 경험해보는 것을 추천합니다. 그 후 소신껏 결정하면 되니까요.

부록

방송작가 준비생 필독!
활용도 200% 실전 노하우

현업에서 알려주는 꿀팁 大방출!

Q 1. 업무는 어디서 어떻게 배우나요?

방송 관련 대학이 있고요. 전공과 관계없이 한국방송작가협회 교육원, MBC 아카데미, KBS 아카데미, 한국방송예술교육진흥원 등 사교육 기관에서 배울 수도 있습니다. 사실 제대로 배우는 건 현업에 뛰어든 이후인데요. 작가 일을 제대로 배우고 싶다면 유튜브 채널보다는 방송계에서 일을 먼저 배우는 걸 추천합니다. 물론 현직 작가 피디들이 붙어서 운영하는 채널도 있지만 그렇지 않은 소형 채널의 경우 알음알음 만들어가는 경우가 많기 때문에 일을 체계적으로 배우기 어려울 거예요. 그리고 방송으로 시작했다면 유튜브로 넘어가기 쉽지만 유튜브 경력만으로 방송을 넘어가기는 쉽지 않습니다. 처음엔 분명히 더 고되겠지만 자료조사, 섭외, 취재, 구성에 대해 제대로 익혀두면 나중에 훌륭한 자산이 될 거예요.

Q2. 방송이 되기까지의 과정이 궁금해요.

제가 작업한 실제 예를 들어볼게요. 더 길지만 분량상 일부만 공개합니다.

기획안

YTN 글로벌 신규 프로그램 기획안

#숨어있는세계사 #세계속한민족 #코리안디아스포라

한국인이라면 알아야 할

한민족 이주 역사(가제)

○ 기획의도

어디에나 뿌리내리고 억세게 살아남는 미나리
'코리안 디아스포라'
조선말부터 시작해 180개국 750만 명이 넓게 분포해있는 재외동포
세계 사람의 발길이 닿는 곳에 우리 한인이 있다고 할 정도로 넓게 퍼져있다.
하지만 상당수 한국인들은 이들을 진정한 한인으로 생각하지 않고 있다.
그 이유는 무엇일까? 잘 몰라서가 아닐까?
그렇다면 그 시작은 왜, 어디였을까? 어떤 마음으로 살아왔을까?
그리고 지금의 우리와는 어떤 관련이 있을까?

그들만의 역사가 아닌 우리 모두의 역사
고국을 떠나 낯선 땅에 정착하기까지,
해외 한인들의 희로애락이 뒤엉킨 이주 스토리와 함께
지금의 우리가 있음은 국외에서 뻗친 뜨거운 애국심 덕분이었음을 전하며 재외동포에 대한
다양한 자료와 전문가의 강의에 현지의 생생함을 더해
국외에 있는 이들에겐 뿌리와 정체성을 더 깊이 심어주고
한국인들에겐 공감대와 바른 역사관을 제시한다.

○ 프로그램 형식

제작 유형: 종합구성 (ST + VCR + Zoom)
제작 편수: 레귤러 *편 (RT 20분)
방송 시기: 2021년 9월부터 (10월 5일 세계 한인의 날 겨냥)
출연 : MC, 역사 전문가, 셀럽 게스트, 현지 출연진 다수

○ 구성 포인트

1. 아직은 생소한 '코리안 디아스포라'의 정의
아브라함의 자손이란 하나의 믿음으로
유대감을 이루는 유대인의 디아스포라는 널리 알려져 있다.
우리 한인 역시 그에 못지않게
'한'민족에 대한 자부심과 애정이 강한 민족임을 전한다.

2. '코리안 디아스포라' 역사 전달
구한말과 일제강점기, 근대화 시기 동안 많은 소시민들이 해외로 이주했다.
교통도 불편한 그 때, 왜 그 먼 곳까지 갔을까?
당시 속사정부터 이주 후 정착까지
인종도 언어도 다른 그들의 힘겨웠던 이야기.
지역별, 역사적 시기별로 나눠 이해를 높이고
다양한 자료와 현지 연결을 더해 감성을 자극한다.

3. 지루할 새 없는 역사 전문가와 셀럽 게스트의 스토리텔링
역사 공부? 아니 옛날이야기!
아무리 좋은 내용도 지루하다면 채널은 돌아가고 말 것!
인지도 높은 전문가와 게스트를 통해, 말랑말랑 재미있게 전달한다.

4. YTN 글로벌 리포터를 활용한 문화 교류
역사라는 큰 물줄기도 한 사람 한 사람의 이야기로 구성되는 법
재외동포 한 명 한 명은 훌륭한 대한민국의 민간 외교관들이라 할 수 있다.
각 나라에서 맹활약을 펼치고 있는
리포터가 보여주는 해당 국가 속 이야기를 생생하게 만나본다.
이를 통해 더 많은 이들이 더 넓은 세계를 향해 눈을 뜰 수 있는 기회도 될 것이다.

5. 한글학교 및 다양한 교육 자료로 활용
얼마 전 초등학생들 중 상당수가 독립운동을 펼친 의사를 의료진으로 알고 있다는 충격적인 보도가 있었다. 이는 지금 세대의 문제도 있다.
외국어, 수학 등의 공부에만 치중할 것이 아니라
우리나라의 역사를 알리는 데도 노력을 기울여야할 것이다.
본 영상은 제작 후 꼼꼼한 감수는 물론 여러 언어로 번역, 폭넓게 제공해
다음 세대의 바른 역사관 및 민족 정체성을 높인다.

큐시트

순서	TIME	RT	항목	내용	출연	무대	조명	AUDIO (음향)	PGM streaming	LED (IMAG 스크린) L	R	비고
1	07:30	07:30	오프닝	*MC 오프닝 멘트 : 본 행사에 대한 전체 소개 멘트 및 기념사 리드멘트	Under-Secretary-General for Global Communications	중앙	기본	MC mic 1	PGM	PGM (현장)		* 오프닝 (UN 총회장 현장 진행) * 포듐 필요
2	07:30	15:00	기념사	*UN의 날을 상징하는 대표 : 기념식의 Host로서 연사와 기념 Speech 진행	UN 사무총장님 UN 총회의장님 UN 한국대사님	중앙	기본	mic 1	PGM	PGM (현장)		* 기념사 (UN 총회장 현장 진행) * 포듐 필요
3	00:20	15:20	공연 ① * 바이올린	* Angela & Jennifer Chun 소개영상	VTR 중계		암전	SOV	VTR	VTR 중계		* 영상 플레이 (한국사전제작)
4	15:00	30:20		♬1) *Angela & Jennifer Chun(바이올린 연주)* *- Pezzo Fantasioso -*	Angela Jennifer Chun 바이올리니스트	중앙	공연 조명	공연 PA	PGM	PGM (현장)		* 현장 LIVE 공연 * 바이올리니스트 연주 관련 OPUS와 시스템 체크 필요 * 보면대 체크
5	00:20	30:40	축하 공연 ② * 피아노 X 성악가 X 오케스트라	** 김영미(성악가) & 유영욱(피아니스트) 소개영상*	VTR 중계		암전	SOV	VTR	VTR 중계		* 영상 플레이 (한국사전제작)
6	03:29	34:09		♬2) *김영미(성악가) X 유영욱(피아니스트)* *- Non ti scordar di me*	유영욱 Pianist 김영미 성악가 VTR 중계		암전	SOV	VTR	VTR 중계		* 영상 플레이 (한국사전제작)
7	03:42	37:51		♬3) *김영미(성악가) X 고양필하모닉 오케스트라* *- You raise me up*	김영미 성악가, 고양필하모닉 오케스트라 VTR 중계		암전	SOV	VTR	VTR 중계		* 영상 플레이 (한국사전제작)
8	00:20	38:11	공연 ③ * K-POP X 오케스트라	** aespa 소개영상*	VTR 중계		암전	SOV	VTR	VTR 중계		* 영상 플레이 (한국사전제작)
9	03:42	####		♬4) *aespa* *- Next Level*	에스파(aespa) VTR 중계		암전	SOV	VTR	VTR 중계		* 영상 플레이 (한국사전제작)
10	03:57	####		♬5) *aespa* *- Black Mamba (with 오케스트라)*	에스파(aespa) VTR 중계		암전	SOV	VTR	VTR 중계		* 영상 플레이 (한국사전제작)

녹화대본

촬영 구성안

S#3. 3관 거래의 함성

3.1 인세운동 그래픽 백
낸이 서서
재월   대한독립 만세!
모두   대한독립 만세!
베리   어 독립운동이 본격적으로 시작된 3.1운동 맞지?
소울   (놀란) 베리, 어떻게 알아?
      (빌 독독 두드리며) 이 속에 사람이 들어와 있는 건가-?
율리   베리는 역사광이야-!
      그래서 지구 오천 년을 빨빨 대려고 설명 잘이 해줘.
재월   소울- 베리, 게임인데!
베리   난 지구역을 역사가 재밌어
      그런데 일본 같을 때 거기선 이 얘기 잘 못하더라고.
      너희가 알려줘.
소울   그렇게. 일본 이 많이 우리나라를 뺏앗을까?
      하지만 그대로 살 순 없지! (눈에 이글이글 의욕 가득)
      33명이 모여 대표로 독립선언서를 발표했어,
      그리고 오우 일본 헌병에게 알려있지. (시무룩. 슬픔)
재월   문노한 시민들을 거리로 내가 대한독립만세를 외친 거야.
      우리 구 영영나 확인된 것만 100만 명이네.

1919년 3월 1일부터 1개월 동안 한국에서 만세를 외쳤다.
소울   중국, 러시아, 미국, 해외 동포들에게도 퍼졌어.
      폭력 없이- 만세만 폭이 터지게 외치면서,
      일제 시민 몸치을 세상에 알리게 됐어.
베리   그리고 위인들이 계속 등장하지!

<베리 VCR-2>
감사한 애국지사, 의사&열사
베리 목소리
      NA> 우리가 지금 자유롭게 살 수 있는 건 당시 나라를 위해
         목숨 바쳐 싸워준 분들이 있기 때문이야.
         그런데 어떤 분은 이름 뒤에 의사를 붙이고
         어떤 분은 열사를 붙이잖아? 차이점을 알아?
         그건 바로 무력이나 폭력을 사용했느냐 아니냐-
         의사는 무력을 사용한 의로운 사람이고,

      열사는 무력을 사용하지 않고,
      저항하다가 돌아가신 분들을 말해.
      얼굴과 이름 선발성/ 의사 or 열사 재외지역 휴발생
      -운동권(의사) 상하이 폭탄 투척, 안중근(의사) 이토히로부미 저격.
      이봉창(의사) 히로히토 수류탄 투척
      유관순(열사) 3.1절 만세운동. 이 즘(열사) 헤이그특사

S#4. 4관 평화누리

바닥에 글리
'만족 최고의 임무는 완전한 자주독립의 나라를 세우는 일이다
독립을 위해 일하는 것은 곧 인류를 위하는 것이다 -김구'
낸이 서서
소울   나는 물로야. 그렇게 환하게 뜨거닸다가 지려져요.
율리   음-- 소울이 연기 중 되는데-?
베리   저 드라마 주인공 실제 있었던 분을 따온 거네.
재월   맞아. 우리나라 최초! 유럽에서 활약한 윤흥순. 의사.
소울   우리가 만약 일제강점기에 살고 있다면? 어떻게 할 수 있었을까?
      어떻게 살았을까?
베리   독립운동가분들 정말 멋있지만- 베리는 일단 아픈 거 시로-
      그냥 여긴 산속에 도망가 있을래-
율리   랜지 소울이는 의병대장 어울린다-
      왜--(소울이 왕에 귀엽게 상대함)
재월   아니면 왜 일본과 친밀한 프 정보를 빼내서 제공하는 브레인?!
소울   오 그 캐릭터 완전 드는데?!
베리   그러게~ 박이야? / 사실 30년의 넘도록
      그룹-게 탄압하는 옷깃이 머물렀다는 건
      정말 쉬운 일 아니야-
소울   맞어. 잊어선 안 돼, 역사를 잊은 민족에게 미래는 없다잖아.
율리   역사를 잘- 알고 좋은 점은 이만 중요인 건 중요인 기억은 배워야지!
재월   그렇게 얘기구만 다선 루네지지 않을 거야!
올리 인스타 사진 찻칵
자막: #블로이_한국인
#독립운동가분들의_덕분_기억하겠습니다

✔ 장소 : 상암 평화의공원
★ PPL - 한유라 <KTH 의상 착용>

한유라/ 오늘은 저희 어디 가죠?

PD OFF/ <통역★> 장소는 비밀이고요,
먼저, 오늘도 저희 <비교체험-굿 프렌즈>와 함께하기 위해
특별한 게스트가 나와 주셨습니다!

★스페셜 게스트 등장: 모모랜드_러블리 비글미 뿜뿜
모모랜드 소개 vcr
모모랜드/ (인사)Get your ticket! MOMOLAND!
      주이/ 낸시/ 아인입니다!
모 두/ (모모랜드 노래 한 구절 부르는 등 리액션)
장한솔/ 와우! 인도네시아에서도 모모랜드 진짜 연기 많다 등등 멘트
      막둥에 오늘 체험 더 재미있을 것 같은데요
      'GOOD FRIENDS' 함께하는 소감! 각오? 한 마디!
모모랜드/ (소감 / 각오/ 인도네시아 팬들에게 한 마디!)
캐빈/   오늘도 팀 나누나요?
      모모랜드 멤버랑 꼭 같은 팀 되고 싶어요!

PD OFF // 네, 이번 게임 더 열심히 하시기 바랍니다.
오늘 체험의 주제는 'K-CULTURE' 인데요.
이긴 사람에게 체험 장소를 선택할 기회를 드릴게요.

오늘 게임은 신발 던지기 게임입니다.
두 사람이 코끼리코 10바퀴를 돌아요. 그리고 나서
두 개 신발 중 하나를 선택해 신고 차올립니다.
<GOOD FRIENDS> 깃발에 더 가까이 던지는 분이
승리입니다.

팀 나누기 <신발 받기 게임> (3, 4회 같은 팀 유지)

■ [신발 법칙] ■
① 제자리에서 '코끼리코' 10바퀴를 돈다
② 두 신발 중 하나를 선택해 신는다
③ 그 신발을 차올려 깃발에 더 가까이 보내는 사람이 승리

승리팀이 2개의 봉투 중 하나를 먼저 뽑아 A팀, B팀 나누기

⓵ [준비물] 힌트 쪽지
  - 태권도> 세계 랭킹 1위/ 예의
  - 자개> 천년의 역사/ 무지개
봉투 안에 적힌 힌트 쪽지를 보고 '무슨 체험일까?' 궁금증

오늘의 비교체험

K-Culture 비교체험!
"Sports(태권도) VS Art(천년 영색&자개)"

1. A팀 - ✔무예 체험 [am10:00~pm1:00]
  ✔ 팀원: 장한솔/ 라파엘+(모모랜드)주이, 아인
입구
장한솔/   예의 있는 세계 1등이라- 원지 잘 모르겠는데-
       일단 들어가 볼까요-
1층에서 2층 이동
트로피 많이 보이고
주 이/   태권도네! 여기 트로피에 씌였죠. (태권도 동작 실연)
장한솔/   라파엘, 태권도 아니야
라파엘/   (한 적은 없지만 작년에 우리나라_인니에서 태권도 금메달 딴
       순간 기억)
장한솔/   (모모랜드에게 통역해주고)
아 인/   정말 축하할 일! 한국 전통무예가 인도네시아에서도
       그만큼 인기가 많다는 뜻이겠죠이나
주 이/   근데 이 트로피는 다 누가 받은 걸까~?

'K-타이거즈 제로'팀 대표 등장
K-타이거즈/ 우리 팀 K-타이거즈 제로 (소개 간단히)
장한솔/   태권도에일로 원조 한류라죠 태권을! K-타이거즈!
       요즘 전 세계에서 인기! 세계유일 태권도 퍼포먼스 팀!
       직접 만나서 영광입니다!
라파엘/   그런데 힌트항은 무슨 관계죠?
장한솔/   (한국말 K타이거즈에게)
       이 곳을 알려준 힌트가 세계 1등, 예의 두 단어였거든요
       어떤 관계인지 궁금해요
K-타이거즈/ 태권도 종주국이나 <세계 랭킹 1위>
        태권도 정신 설명- 그 중 <예의> 매우 중요시합니다
장한솔/   실력, 직접 보고 싶어요
K-타이거즈/ 여기까지 오셨는데 물론!

1층 이동
'K-타이거즈 제로'팀 퍼포먼스/ 고난이도 동작 시범
(※참고 링크: https://www.youtube.com/watch?v=-fuJdtIk7Pc9&feature=youtu.be)
모 두/ (멋지다 환호)

더빙 대본

편집 구성안

＜강예은 - 일상＞

(일상 TAPE)

0746	#집 외경	NA> 2학년 예은이네 집.
1449	#책 고르는 예은 #동생에게 책 읽어주는	<SOV> 10시 30분이 돼서 ~~ 도착했어요 NA> 평소엔 여섯 살 어린 동생에게 너무 좋은 언니..
2251	#블럭 쌓기하는 예은 (이 부분 주요 SOV만 살리는 정도로 간결하게 편집해주세요) #동생이 블럭 쓰러뜨리자	NA> 하지만, 예은/ 아빠~!! 엄마가 뭐야! NA> 한 번 화가 나면 생활을 건잡을 수 없는 예은이. 예은/ 엄마가 살아! 막 막 먼지야! 엄마/ 엄마가 살아줄게.
2344	#엄마 INT	엄마/ 그냥 일로 표현하면 되는데 참 안돼서, 한 4살들부터 항상 그런 식으로 짜증이 많았던 것 같아요. 말이 빨리 안 돼나series 그랬던 것 같아요. //
2447	#예은 INT	PD/ 아까 짜증났어요? 예은/ 네 // + 언니가 내가 힘들게 쌓았는데 다 쓰러뜨렸어요.// + (2531) 어제도 언니가 먼저에서 떨어져서 화가 확확 났는데. PD/ 동생이 쌓아졌는데 왜 화가 나요? 예은/ 엄마가 화가 나니까 나도 화가 나서 갑자기. PD/ 예은이는 엄마 화를 좀 봐요? 예은/ 네 PD/ 왜요? 예은/ 흐응.. 그냥 화나니까. //
2059	#소파에 엎드리는 예은이 #엄마 다가와 #예은 판토, 대답 않고	NA> 예은이가 엄마를 닮았게 하는 건 또 있습니다. 엄마/ 너 뭐니? 대답 좀 해라. 두 과목 다 했어? 뭐했는데? 무슨 과목 했나고. 엄마 묻잖아. 네가 말해줘야 알지.
2207	#엄마 인터뷰	엄마/ 대답을 잘 안해요// + 뭐 물어보면 한 번쯤, 서너 번 다섯 번 정도 물어봐야 대답을 하고요. 보통 대화를 할 때 제 눈을 잘 안봐요// + 답답하죠. 답답하고. 화도 날 때도 있고. //
2900	#아무에게 심경이 (이 부분 주요 SOV만 살리는 정도로 간결하게 편집해주세요)	NA> 제가서 공부 시작하려면 전쟁터를 방불케 하는 상황 발생.. 엄마/ 1학년 거 수학 다 떼야한다니까. 빨리가자 예은/ 아~ 좀~ 싫어~!

자막

58. 외경/자막) 철새/ 철새	68. PIP_(손범수) 완료) (주방기구들) 아래 앉았군요
59. PIP_(송인준) 완료) 배가 나오면 헛올림으로가 자세가 쉽지 않거든요 PIP_(손범수) 오른쪽) 그렇죠	69. 온 자막) 빼 은
60. 인터뷰) (60~61) 서미영 60세/ 끓어도 살이 빠지지 않아 고민을 예은에 어떻게 좀 살이 어디까지 둘 수 있을까 궁금해 한꺼풀 시험한 적이 있어요 마구잡이로 먹어본 적이 있어요 네 키에 한창된 살이 아니더라고요 어느 반 꾀로 하루씩 먹어도 /	70. PIP_(손범수) 완료) 저렇게 반 도움되네 살이 뺀다?!
61) 그런데 지금은 전혀 안 먹어도 빠지는 게 없이 이 오습이 기분인거예요 차라리 제가 많이 먹고 살이 별다면 적응하는 걸을 것 같네요	71. 말풍선_비밀 하면 뭐) ?
62. 상황) 입에 넣는 것에 늘 신중한 서미영 씨	72. 효과) (배달 봉지에 강조) ?
63. 밀) 요즘 아침을 커피로 배우고 있어요	73. PIP_(손범수) 완료) 저건 배달중이 아니네요?
64. PIP_(안칠진) 완료) 공복에 커피는 위점막 많은지 않습니다. PIP_(손범수) 오른쪽) 그렇죠	74. 상황) 커피 한 잔으로 버티다 드디어 앉아버는 첫 끼
65. 인터뷰) (65~67) 서미영 60세/ 딸 먹으며 주방기구까지 버렸지만 등부게하는 제자리 요즘은 요리도 안 해 먹어서 아무것도 없어요 요즘은 그냥 안 해먹어요 /	75. 인터뷰) 서미영 60세/ 다이어트식만 먹는데도 살이 붙어 고민 꼼꼼 굶어앉앉 살이 봐요. 그렇게 살이 찌더래도 난 뭐줄어서 이렇게 식단을 좀 짜게 먹으려고 해요
66) 예은에 제가 안 요리를 일부 해먹었건은요 그런 것 안 해먹기 위해서 주방기구를 다 치워버렸어요	76. PIP_(안칠진) 완료) 식단 자체가 무겁진 않네요
67) 탕탕 비었죠?	77. PIP_(손범수) 오른쪽 네 그러네요. 샐러드 드시고
	78. PIP_(안칠진) 완료) 그런데 속도가 좀 빨라요
	79. PIP_(손범수)오른쪽) 멀탕)

Q3. 맞춤법은 어떻게 확인하나요?

더빙 대본은 그렇다 쳐도 자막은 맞춤법을 꼭 확인해야 합니다. 저는 국어국문학과를 졸업했지만 맞춤법은 완벽하지 않아요. 하지만 도와주는 도구가 있습니다. 무료로 사용할 수 있는 것 중 제가 잘 활용하는 것은 이거예요.

http://speller.cs.pusan.ac.kr/

Q4. 단어가 생각나지 않을 때 방법이 있나요?

일단 혼자 끙끙거리며 생각하기보다는 검색창을 열고

비슷한 단어들, 떠오르는 뭐라도 검색해보세요. 그럼 적합한 단어를 발견할 수 있을 거예요.

> *작전이 필요할 때*
> *작전을 세우면*
> *이미 너무 늦다.*

> *꽃이 필요한 순간에*
> *꽃씨를 뿌리는 것과도 같은 이치다.*

> *언제나 꿈을 가진 사람은*
> *훗날을 도모하기 위하여*
> *땅속에 미리 씨앗들을 버리듯*
> *묻어 놓아야 한다.*

> *최명화- 혼불 중*

위 글도 예전에 메모해뒀던 건데 이럴 때 적합한 예라 생각해 꺼내봤습니다. 평소 좋은 글귀, 마음에 드는 단어가 있으면 기록해두세요. 그런 노트를 따로 만드는 것도 방법입니다.

개그맨 출신 방송 진행자 정재환씨와 MBC 라디오국 조정선 프로듀서가 우리말 지킴이를 자처하며 〈시바이는 이제 그만!〉이라는 책자를 2천 권 찍어 방송가에 무료로 배포했습니다. 방송가에서 '시바이'를 포함한 일본어를 워낙 많이 쓰기 때문인데요. 물론 순화해서 써야 하는 것이 맞지만 이미 널리 사용하고 있으니 뜻은 알아두는 것이 좋겠습니다. 일단 시바이란 일본어에서 온 말로 '재미요소', '웃기는 해프닝'을 의미하고요. 이 외에도 외계어 같은 일본어를 아주 많이 쓰고 있어요.

- 오도시: 실제 일본어로는 위협을 뜻하지만 방송가에서는 웃음이 나오는 포인트.
  ➡ 오도시가 있어야지!

- 니쥬: 이야기의 바탕. 구성의 복선. 밑밥.
  ➡ 니쥬 잘 깔아봐.

- 삼마이: 저급하고 질이 낮다는 뜻. 반대말은 니마이.
  ➡ 적어도 삼마이 소리는 듣지 말아야지!

● 야마: 말하고자 하는 요점, 핵심.
➡ 그래서 네 야마가 뭐야?

● 구다리: 일본어로는 내려감을 뜻하지만 방송가에서는
어느 한 부분.
➡ 이 구다리는 살리고 다음 구다리는 걷어내자.

● 미다시: 제목, 헤드라인.
➡ 미다시를 잘 뽑아야해

● 입봉 : 일본의 게이샤가 독립하는 것을 뜻하는 '잇뽕(一本)'
에서 유래한 것.

Q6. 이력서를 잘 쓰고 싶어요!

경력 사항은 한 장에 보기 좋게 정리하는 것이 좋아요.
자기소개는 정해진 틀이 전혀 없습니다. 최대한 눈에 띄
게 어필하는 것이 좋겠죠. 내용상 들어가면 좋을 것으로
는 낯선 환경에도 빠르게 적응한다, 다른 사람들과 융합을
잘한다, 새로운 경험을 하는 것에 두려움이 없다, 밝은 에
너지를 전파한다, 상황에 유연하게 대처한다, 팀의 조화와
화합을 중요하게 생각한다 등이 있겠습니다.

Q7. 면접 필승 전법이 있나요?

여러 사람을 보는 만큼 면접관은 피로도가 쌓일 수 있어요. 그만큼 짧고 강렬한 인상을 주는 것이 중요합니다. 답변은 결론부터 두괄식으로, 짧은 문장으로 말하는 것이 좋습니다. 만약 대답하기 어려운 질문이라면 두루뭉술하게 대답하기보다는 솔직하게 시간을 10초만 달라고 해보세요. 그 외 다른 질문에 대한 답도 최대한 꾸미기보다 투명함이 좋습니다. 밝은 표정은 유지하도록 하고요. 추상적인 대답보다는 실제 사례를 들어보세요. 또한 형용사보다는 명사나 동사로 말하는 것이 좋습니다. 예를 들면 '저는 성실합니다.' 보다 '저는 지각한 적이 없습니다.', '오늘 해야 할 일을 미루지 않습니다.', '모르는 것이 있다면 알 때까지 노력합니다.', '정리정돈을 잘합니다.' 등이 더 와 닿아요.

이는 꼭 방송작가가 아닌 다른 분야에도 해당될 테니 면접을 앞둔 분이라면 기억해 두시기 바랍니다.

방송은 나 혼자 만드는 것이 아니라, 피디, 스탭, 취재원, 출연자 등 많은 이들과 함께 만드는 만큼 커뮤니케이션 능력이 가장 중요합니다. 이 외에도 취재를 위한 꼼꼼함은 물론, 성실함, 색다른 아이디어와 구성을 위한 창의력도 필요하죠. 이를 가진 사람임을 어필하면 좋을 테고요. 가장 중요한 건 면접 가기 전 해당 프로그램 모니터하기입니다. 최근 방영했던 방송분을 몇 편 보고 인상 깊었던 편, 좋았던 점, 아쉬웠던 점 등에 대해 생각해보고 자신은 어떤 아이템을 하고 싶은지도 생각해보고 가면 좋습니다.

Q8. 체력이 중요하다던데, 어떻게 올리나요?

늘 3개월 등록을 해야 할인 혜택이 있는 만큼 3개월 등록으로 시작하지만 1개월 남짓 후에는 가는 일이 없던 운동이었는데요. 한 해 한 해 세월이 갈수록 체력이 떨어짐이 온몸으로 느껴졌어요. 그래서 시작한 운동이 헬스인데요. PT를 하며 예전엔 미처 몰랐던 운동의 재미를 깨닫고 지금은 주 2회 정도 꾸준히 레슨을 받고 있습니다. 운동 중엔 근육 회복제, 운동 후엔 단백질계의 에르메스라 불리는 프로틴까지 야무지게 챙겨 먹으며 근육과 체력을 키워가고 있어요. 유산균과 콜라겐, 비타민 등 건강기능식품도 꾸준히 챙기고 있습니다.

Q9. 불법·갑질 계약도 많다던데 어떻게 피하죠?

일단 불상사가 생기지 않도록 계약서를 먼저 쓰세요. 양식이 따로 없다면 한국방송작가협회 홈페이지에 올라와 있는 것을 활용하면 좋을 거예요. 혹은 선배 작가에게 도움을 청하세요! 최대한 뭐라도 내가 일을 했다는 증거를 만들어놓는 것이 필요합니다.

방송작가 집필 표준계약서

< 서 문 >

본 표준계약서는 방송프로그램의 방송원고 집필활동 및 사용과 관련된 계약에 적용된다.

본 표준계약서는 방송작가 집필활동 계약에 대한 표준을 제시하는 것으로 개별 계약의 특수 사항을 고려하여 당사자 간의 협의를 통해 본 표준계약서를 수정, 추가, 삭제하는 것을 원칙으로 한다.

방송사와 제작사, 작가는 방송프로그램의 합리적 권리관계 및 제작환경 개선을 통하여 방송프로그램 제작시스템의 발전을 위해 노력하여야 한다.

○○○회사 (이하 '방송사 또는 제작사' 라 한다)와 ○○○ (이하 '작가' 라 한다)는 방송프로그램(이하 '프로그램' 이라 한다)에 사용될 방송원고(이하 '원고' 라 한다)의 집필활동 및 사용과 관련하여 다음과 같이 계약을 체결한다.

제1조(목적) 본 계약은 '프로그램' 에 사용될 '원고' 의 집필활동 및 사용에 관하여 '방송사 또는 제작사' 와 '작가' 간의 합리적 권리관계를 정하기 위한 표준 집필활동 계약조건을 제시함을 목적으로 한다.

출처: 한국방송작가협회 홈페이지 → 정보공간

Q 10. 만약 급여
를 받지 못하면 어떻게 하죠?

대화로 통하지 않는다면 법적인 제재가 필요할 거예요. 제가 직접 사용했던 내용증명인데 도움이 될 겁니다.

내 용 증 명 서

수 신 : ○○○○ 주식회사 (사업자등록번호 : 123-45-67890)
경기도 성남시 ○○구
대표이사 홍길동

참 조 : ○○○○ 주식회사 콘텐츠본부 김팀장 팀장 (연락처 :　　)

발 신 : 하 정 민
(주소 :　　 (연락처 :　　)

제 목 : 미지급 용역대금 최종 독촉 및 법적 조치 예고 통지

1. 귀사의 무궁한 발전을 기원합니다.

2. 본인이 20xx년 4월 1일 귀사와 체결한 ○○○ 온라인전시관 보도기사 및 영상 스크립트 작성 용역을 위한 계약(이하 '본 계약')에 관련입니다.

3. 본인은 귀사와 체결한 본 계약(계약기간 : 20xx.04.01.~06.31. 3개월)에 따라 성실히 용역을 수행한바, 용역결과물인 영상스크립트는 20xx년 4월 26일, 보도기사는 20xx년 7월 6일 각각 귀사에 제출하였고, 귀사는 영상스크립트에 대하여 20xx년 7월 9일, 보도기사에 대하여 20xx년 7월 7일 각각 최종 검수를 완료한 바 있습니다.

4. 다만, 본 계약 제4조에 따라, 귀사는 '용역결과물에 대한 검수 완료 후 30일 이내 용역비를 본인에게 지급할 의무」가 있음에도 불구하고, 귀사는 현재까지도 용역비 전액인 xxx만을 미지급하고 있어 심히 유감스럽게 생각합니다.

(제 4 조(용역비)
가. '갑'은 '을'이 수행한 용역 실적을 아래 지급기준을 근거로 정산한 후 '을'에게 용역비를 지급한다.
- 영상 스크립트 작성 : xxx원
- 보도기사 작성 : xxx원
나. '갑'은 '본조 1'항의 용역비를 용역 결과물 검수 완료 후 30일 이내 '을'에게 현금으로 지급한다.

5. 이러한 귀사의 용역비 미지급에 대하여, 본인은 20xx년 8월 16일부터 수차례의 검수 지급 독촉을 하였음에도 불구하고, 귀사는 용역비 지급 등 아무런 조치를 취하지 않아 부득이하게 최종 독촉 통지를 하고자 합니다.

6. 만일, 귀사가 본 통지 수령 후 즉시 용역비 xxx원 및 지급지연에 따른 지연손해금(지급기한인 20xx년 8월 9일부터 지급시까지 상사법정이자율 연 6% 적용)을 지급하지 않을 경우, 귀사의 매출채권 등 자산에 대한 가압류 등, 지급명령 등의 민사상 법적조치를 취할 예정입니다. 귀사의용역비 미지급으로 인하여 법적인 절차가 진행되는 경우, 법적절차에 소요되는 비용까지 귀사가부담하여야 함을 유의하시기 바랍니다.

20xx년 월 일

발신자 : 하 정 민 (인)

드디어! 이 책의 마감이 코앞으로 다가왔습니다. 여러분은 오늘 어떤 마감이 있었나요? 각자의 마감에 애쓴 여러분은 이 책을 어떻게 보셨을지 궁금합니다.

방송작가는 정해진 시간에만 일을 하는 것도 아니고, 투자한 시간과 수입이 정비례하지도 않습니다. 게다가 그 수입이 따박따박 일정한 시기에 나오는 경우도 많지 않죠. 몸이 아파도, 집에 우환이 생겨도, 마음이 힘들어도 내가 맡은 일은 시간 내에 해내야 합니다. 늘 새로운 것을 만들어내야 하는 탓에 스트레스를 가장 많이 받는 직업군이기도 해요. 방송 중 접하는 정치인, 연예인, 사업가, 각종 전문가 등 다양한 콧대 높은 인물들 사이에서의 고충도 상당합니다. 그런데 왜 이 일을 19년째 하고 있냐고요? 현미밥 같은 매력이 있거든요. 현미밥을 처음 입에 넣으면 까끌까끌 썩 좋은 맛이 아닙니다. 그런데 씹다 보면 은근한 단맛이 느껴지죠. 방송작가도 그래요. 처음엔 거칠기만 하지만 참고 견디다 보면 껍질 속 달콤함을 발견할 수 있습니다. 평소에 만나기 어려운 사람들과 대화할 수 있고, 전혀 관심사가 아니었던 분야를 배우기도 합니다. 다양한 인생을 자세히 들여다보고, 갖가지 직업을 경험할 수도 있어요. 원래의 내가 가진 범위 이상으로 경험을 확대하며 훨씬 더 큰 세상을 향해 갈 수 있습니다. 늘 새로운 세상을 탐험하며 사는 셈인데요. 지도를 그려나가는 게 때로는 고통스럽지만 우여곡절 끝에 한 바퀴 잘 돌아 목적지에 다다르면 그만큼 뿌듯함도 상당합니다.

꼭 방송작가뿐만이 아닙니다. 모두의 인생도 마찬가지인 것 같아요. 빈 지도를 갖고 태어나 살아가면서 경험과 선택을 통해 그 지도를 채워나가죠. 그만큼 우리 모두는 각자의 인생을 써 내려가는 작가라 할 수 있겠습니다. 다양한 경험을 하겠죠. 각양각색의 게스트도 끊임없이 등장할 겁니다. 누군가는 함께 웃고 울며 마지막 페이지까지 롱런할 테고 많은 이들은 어느 순간 스르륵 중도하차를 하거나 갑자기 펑크를 내며 사라지기도 하겠죠. 누군가는 예기치 않은 감동을 주지만 누군가는 상처를 잔뜩 줄 수도 있습니다. 하지만 확실한 건 그 모든 과정이 소중하다는 겁니다. 우리 인생은 어느 한 조각도 의미 없이 생기지 않으니까요.

까마귀가 독수리의 등에 올라타 공격을 할 때가 있다고 합니다. 독수리는 반응하지 않는대요. 그저 날개를 활짝 펴고 최대한 높이 날아오릅니다. 그럼 까마귀는 산소가 부족해 숨을 쉬기 어려워지면서 떨어져 나간다죠? 우리의 삶에 까마귀 같은 원치 않은 게스트, 혹은 달갑지 않은 상황이 나타날 수 있습니다. 하지만 괜찮아요. 꿋꿋이 높이 날아오르면 그 까마귀는 스스로 떨어져 나갈 겁니다. 그 과정에서 상처가 생길 수도 있지만 그 상처는 더 좋은 내일을 가져올 거예요. 네잎클로버가 그 증거입니다. 행운을 상징하는 네잎클로버는 선천적으로 생기기도 하지만 후천적으로 만들어지기도 하는데 생장점이 밟혔을 때 그 자극으로 잎이 하나 더 생긴다고 해요. 자극이 곧 더 좋은 내일을 가져오는 거죠. 지금, 어떤 상황에 있나요? 어떤 상황이든, 묵묵히 최선을 다한다면 그 시간은 분명, 행복으로 가는 과정일 겁니다.